klemm +
oelschläger

Michael Döhmann

SOPHIE SCHOLL

Die Jahre in Ulm

Erzählung

Klemm+Oelschläger

Besuchen Sie uns im Internet:
www.klemm-oelschlaeger.de

DER AUTOR

Michael Döhmann lebt als freischaffender Schriftsteller, Maler, Objektkünstler, Illustrator, Kunstdozent und Librettist in Langenau bei Ulm. Sein erster Gedichtband »Frühstück für Delphine« erschien 1985, der zweite, »Wenn die Wolken müde werden«, folgte zwei Jahre später. Weitere Veröffentlichungen: »Vladimir, der Regentropfen«, »Der kleine Prinz von New York«, »Grashalme und Sterne«, »Annas Flaschenpost«.

Originalausgabe bei Klemm+Oelschläger
1. Auflage, November 2012

Illustrationen: Michael Döhmann
Lektorat: Elke Rumey, Markgröningen und
Manfred Bock, Tomerdingen
Technische Unterstützung: Mario Spreen, Erbach
Satz und Layout: schlaflos Büro für Buchgestaltung, Ulm
Gesetzt aus der Aldus
Druck und Bindung: Laserline KG, Berlin

Printed in Germany
ISBN 978-3-86281-047-5

Man muss einen harten Geist
und ein weiches Herz haben

Jaques Maritain (1882 – 1973)
– franz. Philosoph

SOPHIA MAGDALENA SCHOLL
(1921 – 1943)

Ich komme aus der Ewigkeit
Und trag' in meinem Sternenkleid
Der Erde Leid, der Erde Glück
In ferne Ewigkeit zurück

Aus dem Poesiealbum von Sophie Scholl

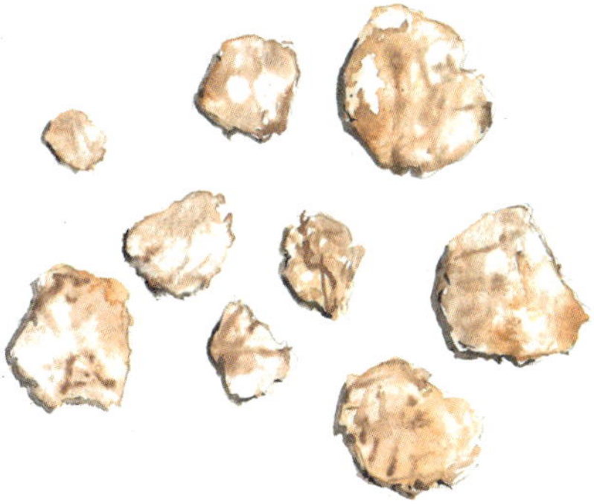

VORWORT

Ulmer Bahnhof, Sonntag Abend, 14. Februar 1943

Der Schein der Rücklichter verlor sich in der Ferne. Der Rauch aus dem Schornstein der Lokomotive hing noch in der Luft. Zeitungsreste wehten über den Bahnsteig. Im Zug, der in Richtung München fuhr, saß Sophie Scholl.

Viele Züge würden wieder in den Bahnhof einfahren. Das Quietschen der Bremsen, das Dampfen der Lokomotive, das Schlagen der Türen, das Rufen des Schaffners. In keinem dieser Züge würde Sophie sitzen. Nie wieder würde sie zurück nach Ulm kommen. Zurück nach Ulm, in »ihre Stadt«. In die Stadt, in der sie über zehn Jahre lang gelebt hatte.

Wo sind die Spuren – wo sind die Häuser, in denen sie gewohnt hat, wo ist die Schule, die sie besucht hat? Wo sind die von ihr geliebten Plätze, wo die Straßen und Wege, die sie gegangen ist? – Wo sind die Spuren?

Wenn die Brandung die Fußspuren auf dem Strand überrollt, bleibt nicht viel – nur winzige Seen, in denen sich für ein paar wenige Augenblicke der Himmel spiegelt. Nur so lang – bis das Wasser versickert und nichts mehr bleibt.

Diesen »Himmels-Augenblick« gilt es zu bewahren.

Sich erinnern, nicht vergessen. Und der Schein der Rücklichter verliert sich in der Ferne …

SOPHIE SCHOLL

Das Rattern des Zuges machte sie schläfrig. Sie lehnte ihren Kopf leicht zur Seite, spürte die Kälte der Fensterscheibe an ihrer Wange. Die Landschaft zog vorbei, die Bäume, die Hecken und Büsche, die Zäune und Telefonmasten rasten flirrend schnell am Fenster entlang. Die weitentfernten Dörfer dagegen, die Wälder und Hügel bewegten sich langsam und behäbig. Das Lichtspiel zwischen den tanzenden Ästen entführte Sophie in einen wohligen Tagtraum, der viel zu oft jäh unterbrochen wurde.

Die Bremsen begannen zu quietschen, und wenig später stand die Landschaft still, schien sich für einen kurzen Moment sogar rückwärts zu bewegen. Ein Bahnhof glich dem anderen. Auch die Menschen, die einstiegen, ähnelten sich auf eine seltsame Weise.

Für Sophie hatten sie kein Gesicht, waren nur graue Gestalten – so grau wie die Wolken, die oben am Himmel das Frühlingsblau immer mehr verdrängten.

Als der Zug sich wieder zitternd in Bewegung setzte, blickte Sophie in die Gesichter, die ihr nahe waren. Sie sah in das Gesicht ihrer Mutter. Es wirkte müde und abgespannt. Tiefe Falten zogen sich um die geschlossenen Augen, eine weiße Haarsträhne fiel in die Stirn. Die Hände lagen auf ihrem Schoß wie welke Blätter.

Sophies ältere Schwester Inge las in einem Buch, ihre Augen wanderten ruhig über die Seiten.

Sophies Bruder Hans starrte auf seine Schuhe. Neben ihm auf der Sitzbank lag eine leere Papiertüte, die zu Beginn der Zugfahrt noch voller Leckereien gewesen war – die Mutter hatte die Plätzchen für die Reise extra frisch gebacken.

Elisabeth lächelte Sophie an. Ihre Augen glänzten hell, und die Farbe der Iris glich einem klaren Bergsee.

Der kleine Werner hatte sich an die Schulter der Mutter gelehnt und schlief fest. Sein Spielzeugpferd auf Rädern rollte am Boden in jeder Kurve hin und her.

Die jüngste der Schwestern, die kleine Thilde, war nicht dabei. Sie war in Forchtenberg geblieben.

Sechs Jahre war das jetzt her. Sophie konnte sich nur dunkel daran erinnern – an die Mutter, die keinen Schlaf fand, an das Licht, das in der Nacht unter dem Türspalt leuchtete. Thilde wurde nicht mal ein Jahr alt. Sie starb an Masern.

Sophie versuchte, sich ihr kleines Gesicht in Erinnerung zu rufen, aber es blieb bei einem Schatten, den sie nicht greifen konnte. Obwohl sie die Kleine oft im Arm gehalten hatte, schien alles immer mehr zu verblassen.

Sophie stand neben Inge am Grab. Der Winter war kalt, und es schneite in das kleine dunkle rechteckige Loch hinein. Sophie zitterte am ganzen Leib. Es war ganz still, man konnte das Gurgeln des nahen Flusses hören – dann die Worte des Pfarrers, die seltsam leer und gleichmäßig klangen.

Jetzt war es April; es schneite nicht mehr, aber es begann zu regnen. Die Regentropfen glitten die Scheibe hinunter und wurden vom Wind zur Seite getrieben.

Der Zug verlangsamte seine Fahrt, die Landschaft schlich wie in Zeitlupe vorbei. In der Ferne, über den Hausdächern, erhob sich dunkelgrau der riesige Turm des Ulmer Münsters. Sophie nahm ihren Koffer in die Hand. Es war ein kleiner dunkelroter Koffer mit einem langen Riss, der sich quer über das Leder zog. Der Riss sah aus wie ein Fluss, der nicht wusste, wohin er fließen sollte. Der Waggon hielt direkt vor den schwarzen Buchstaben auf dem vergilbten Weiß.

»Ulm«, flüsterte Sophie und sah, wie Werner die Augen aufschlug. Draußen auf dem Bahnsteig wartete der Vater. Er war schon vorausgefahren. Der kleine Werner stürmte ihm entgegen und wäre beinahe über seine eigenen Beine gestolpert.

Die Familie stand eine Weile im Schutz der Arkaden, und die Kinder schauten auf den weiten Platz mit dem großen Brunnen. Die Straßenbahn hielt an, ein paar Leute stiegen aus und beeilten sich, ins Trockene zu kommen.

Mit der Zeit ließ der Regen nach. Der Vater nahm die beiden schwersten Koffer und ging voran. Die Kinder trippelten hinterher. Sie liefen über den großen Platz, an der Post vorbei, über eine Brücke aus Eisen – bald hatten sie es geschafft. Sie standen vor ihrer neuen Wohnung. Erstes Stockwerk in einem großen Haus. Kernerstraße 29. Am Hang gelegen, hoch im Norden Ulms.

Am späten Abend, während Inge und Elisabeth schon schliefen, stand Sophie am Fenster. Sie schaute hinunter auf das nächtliche Ulm. Sie sah die Dächer und Kamine. Sie sah die Baumkronen, die sich sanft im Wind bewegten. Sie sah die Lichter hinter den Fenstern. In der Ferne ragte das mächtige schwarze Münster bis fast an die Wolken, an deren Unterseite ein letzter Rest von

Sonnenlicht hing. Die schmale Sichel des Mondes bewegte sich in Richtung Horizont. Die Venus strahlte hell und klar. Die Sterne waren noch nicht zu sehen.

Auf ihr Lieblingssternbild, den Großen Wagen, zu warten, machte wenig Sinn. Es war noch nicht dunkel genug, außerdem würde er im Norden hinter dem Haus aufgehen.

Der Tag war lang gewesen, Sophie rieb sich die Augen. Sie war müde, aber sie kam nicht zur Ruhe. Sie fand keinen Schlaf. Sie blätterte noch in ihrem alten Struwwelpeterbuch. Sie kannte es schon auswendig, sie entdeckte, dass Werner viele der Seiten mit einem Buntstift vollgemalt hatte.

Der Mond sank draußen vor dem Fenster immer tiefer, berührte den alten Teddy mit der Latzhose, den Sophie auf die Fensterbank gesetzt hatte.

Der Teddy war ein Geburtstagsgeschenk gewesen, damals vor drei Jahren in Forchtenberg. Dort hatte er auch schon auf der Fensterbank gesessen, genauso wie in Ludwigsburg, genauso wie jetzt in Ulm. Sophie sehnte sich nach ihrer alten Heimat zurück. Das war für sie eine überschaubare Welt gewesen.

Dort, in dem malerischen Ort, schmiegten sich die Häuser an den steilen Hang, ähnlich wie hier am Ulmer Michelsberg. Aber in Forchtenberg wirkte alles wie ein vertrautes Spielzeugland. Die Kirche, nur ein paar Treppen über ihrem Geburtshaus gelegen, trug den Namen des Heiligen Michael. Nach der Kirche ging es steil bergauf. Ein schmaler gewundener Weg führte hinauf zur alten Burgruine. Von dort oben konnte man über die Dächer der Häuser blicken. Man fühlte sich schwebend, trieb mit seinen kleinen Sorgen über die kleine Welt. Zwischen den verfallenen Mauern erwachten die Märchenfiguren aus den heißgeliebten Büchern. Sie versteckten sich im kühlen Schatten und flüsterten im Laub der alten Bäume. Sophie und ihre Geschwister verkleideten sich, sangen Lieder, spielten Theater ohne Publikum. Sie waren sich selbst genug.

Hier, in Ulm, war alles groß und unbekannt, aber der Name »Michelsberg« gefiel ihr. Auf diesem Berg thronte die Festung Wilhelmsburg. Keine verträumte Ruine, kein Platz zum Spielen und Singen. Bald schon würden dort oben Lieder gesungen werden. Aber es würden keine Kinderlieder sein, es würden Fackeln brennen und Fahnen würden wehen – Fahnen mit seltsamen Zeichen.

Sophie fielen die Augen zu. Das Letzte, was sie noch sah, war »Hans Guck in die Luft« … dann rutschte ihr das Buch aus der Hand.

Nach den Ferien wartete der erste Schultag in der neuen Stadt. Sophie ging in die Mädchenoberrealschule in der Steingasse Nr. 9. Ein stattlicher Bau mit hohen Rundbogenfenstern.

Ein großer Garten umschloss das Areal. Das Lernen war Sophie immer schon leicht gefallen, so auch hier.

Trotzdem freute sie sich, wenn der Unterricht vorbei war und sie das stickige überfüllte Klassenzimmer verlassen konnte. Der Weg zurück zum Michelsberg war weit, aber sie konnte wenigstens zwischen mehreren Strecken wählen. Durch ein Tor kam sie auf die Frauenstraße. Sie überquerte die breite Fahrbahn, und bald sah sie hoch über den Dächern die Spitze des Ulmer Münsters herausragen.

Als sie zum ersten Mal den weiten staubigen Platz vor der riesigen Kirche betrat, kam sie sich vor wie ein winziges Insekt.

Auf dem Parkplatz standen die Autobusse, und die Straßenbahn rumpelte im schnellen Tempo über die Schienen.

Die Menschen eilten hastig an Sophie vorbei. Plötzlich fühlte sie sich in dieser großen Stadt sehr allein.

Bisher hatte sie das Ulmer Münster immer nur vom Balkon der Wohnung aus gesehen. Da passte der Turm mit dem Schiff bequem zwischen Daumen und Zeigefinger. Aber nun stand sie davor, und der Turm ragte wie ein monumentales Gebirge in den Himmel. Das Gebirge schien sich zu bewegen, aber es waren nur die Wolken, die langsam ostwärts zogen.

Sophie berührte die warmen Steine und fuhr mit den Fingern an den Toren entlang. Sie betrachtete die schmiedeeisernen Rosen, die aussahen wie echt. Der Wind konnte ihnen nichts anhaben, auch würden sie nicht verwelken. Aber Sophie gefiel es so, wie es in der Natur war, wenn der Wind mit den Gräsern und den Blumen spielte und wenn die Löwenzahnschirmchen durch die Luft segelten.

Im Münster war es dunkel und kühl. Sophie war allein. Langsam lief sie durch das riesige Hauptschiff.

Dagegen kam ihr das Innere der Kirche von Forchtenberg wie eine Puppenstube vor. Sophie beobachtete, wie das Licht durch die farbenfrohen Fenster strömte.

Kurz vor dem Ausgang stellte sich Sophie auf einen Stern. Sophie liebte Sterne.

Vor ein paar Tagen hatte sie in das Poesiealbum einer Klassenkameradin ein Wasserfarbenbild gemalt. Darauf war ein Mädchen zu sehen, das auf einer Wolke schwebte. Das Mädchen hielt eine Schnur in den Händen und spielte mit einem Sternen-Jo-Jo.

Dieser Stern, auf dem sie gerade stand, war aus Stein. Direkt darüber war eine Aussparung. Da konnte man hoch in das Innere des Turmes sehen.

Über ihr der Turm, Hunderte von Tonnen Stein. Sophie breitete die Arme aus, als würde sie die ganze Last tragen wollen.

Als sie wieder ins Freie trat, wurde sie von der Sonne geblendet, und sie musste sich die Augen zukneifen. Die Hitze lag wie Blei auf dem großen Platz.

Sophie hielt ihre Hände in das Wasser des Brunnens und wäre am liebsten ganz hineingestiegen. Langsam begann sie, sich mit Ulm anzufreunden.

Sie fütterte die Tauben mit einem Brotrest und schaute noch einmal über den Münsterplatz. Der Wind blies den Staub vor sich her und ließ Papierfetzen tanzen. Bald würde es mit dieser Beschaulichkeit vorbei sein.

Dunkle Wolken würden über Deutschland aufziehen, bald schon wären sie zu einem unberechenbaren Sturm angewachsen. Dieser Sturm würde über alles hinweg fegen und nur Trümmer zurück lassen. Der friedliche Münsterplatz würde diesen Sturm zu spüren bekommen. Tausende brennende Fackeln würden in die Höhe gestreckt werden und aus tausend Mündern kämen Schreie und lautes Singen. Ein neues Zeitalter würde anbrechen, angefüllt mit purem Hass und unbeschreiblicher Kälte.

Ein Zeitalter, in dem ein Mensch und die Menschlichkeit nichts mehr gelten würden – dunkle Vorahnungen von einem neuen Zeichen in den Köpfen der Menschen – ein schwarzes Hakenkreuz als Symbol für Folter und Tod. Millionen würden dieser Ideologie blind zum Opfer fallen. Nach dieser Schreckensherrschaft würde es nur noch Gräber geben, meist namenlose.

Sophie schaute noch einmal gedankenverloren über den Platz, dann lief sie nach Hause.

Die Kraft der Sonne ließ allmählich nach. Sophie und ihre Freundin saßen auf dem großen Balkon.

Sophie trug eine geflochtene Gänseblümchenkette auf dem Kopf, genau wie die Puppe, die sich auf dem Schoß ihrer Freundin befand. Auch die anderen Puppen waren wie echte Personen drapiert, eine kleine herausgeputzte Familie aus Plastik. Sophie wünschte sich zu Weihnachten ein großes Puppenbett mit echten Rädern. Da würde sie am liebsten später ihre eigenen Kinder hineinlegen.

Der Sommer floss dahin. Stundenlang saß Sophie mit ihren Geschwistern auf dem Holzzaun, der den Vorgarten des Hauses umgab. Sie schauten sich das Geschehen auf der Straße an, ließen ihre Beine baumeln und erzählten sich gegenseitig Geschichten. Wann immer es ging, versuchte die ganze Familie, die Zeit draußen zu verbringen mit langen Spaziergängen an der Donau, durch den Illerwald oder mit Picknick im Pachtgarten in Neu-Ulm.

Die Mutter mit den streng zurückgekämmten Haaren, der schlaksig wirkende Vater mit seinem zerknitterten Anzug, die hoch aufgeschossene Inge mit ihrer modernen Frisur, der ernst dreinschauende Hans, die schöne Elisabeth mit den langen Zöpfen, die jungenhafte Sophie und der stets lächelnde Werner in seiner Latzhose.

Nach dem Herbst kam ein strenger Winter. Die Scholls feierten ihr erstes Weihnachten in Ulm. Diese Tage waren immer schon wichtig für die Familie gewesen. Auch später, als die Welt mehr und mehr aus den Fugen geriet, gab diese Zeit sehr viel Halt. Die geschmückten Zimmer, die Lichter auf den Bäumen, der Duft der frischgebackenen Plätzchen, das gemeinsame Musizieren und Vorlesen – all das wurde zum sicheren Hafen – weit weg von dem rauen Meer, das sie umgab. Das zweite Weihnachtsfest feierten die Scholls nicht mehr hier oben auf dem Michelsberg, sondern mitten in der Stadt.

Die Familie war im September 1933 umgezogen, und zwar in die Olgastraße 81. Es war ein elegantes mehrstöckiges Haus, an dem eine Straßenbahnlinie vorbeiführte.

Das neue Zuhause lag im ersten Stock. Acht Jahre lang hatte dort zuvor die jüdische Familie Barth gewohnt; Heinrich und Else Barth mit ihrer kleinen Tochter Suse.

Es hatte sich viel verändert in Ulm. Die Braunhemden zeigten sich auf den Straßen. Überall wehten Hakenkreuzfahnen, sämtliche Schulen, alle Busse und die Straßenbahnen der Stadt waren beflaggt. Mitten auf dem Münsterplatz wurde ein großes Feuer entfacht. Tausende von Büchern fielen den Flammen zum Opfer. Die Schaufenster von jüdischen Geschäften wurden mit Hetzparolen verschmiert.

Hitler fuhr im offenen Wagen durch Ulm, vorbei an einer schreienden Menschenmenge: »Heil! Führer Heil!«

Im Kino Central lief der U-Boot-Film »Morgenrot«. Die Kammer zeigte den Streifen »Blutendes Deutschland!« und, extra für die Jugend: »Hitlerjunge Quex«. Der Saal war von der HJ mit Wimpeln und Fahnen geschmückt worden. Ein Redner sprach tief gerührt ins Mikrofon.

Ein »Hitlermädchen« musste es natürlich auch geben. Es hieß Ulla. Die Geschichte gab es allerdings nur in Buchform.

»Bub! Sei ein Kerl! Denk an Hitler allzeit. Für seine Idee sei zum Sterben stets bereit!«. Immer mehr Bücher »für die Jugend« erschienen in schneller Reihenfolge. »Gau-« und »Stürmerverlag« taten sich da besonders hervor.

»Moni geht zum Arbeitsdienst« – »Fliegende Grenadiere« – »Kinderspiele zum Geburtstagsfest unseres Führers« – »Trau' keinem Fuchs auf grüner Heid' – und keinem Jud' bei seinem Eid! Ein Bilderbuch für Groß und Klein!« – »Kathrin wird Soldat« – »Mutter – erzähl' von Adolf Hitler. Zum Lesen und Nacherzählen, zum Selberlesen für Groß und Klein«.

Diese Bücher fielen natürlich nicht den Verbrennungen zum Opfer, sie gehörten schließlich zur neuen Heimatkultur.

In der Friedrichsau schlug der Zirkus Krone seine Zelte auf. Die Clowns machten ihre Späße. Die Zuschauer lachten und applaudierten. Es waren die gleichen Menschen, die dem »Führer« hinterherrannten, seinen Geburtstag feierten, die nachts mit Fackeln auf dem Münsterplatz standen und aus voller Kehle das »Horst-Wessel-Lied« sangen.

Bei München hatte man bereits mit dem Bau des Konzentrationslagers Dachau begonnen. Nur eine Randnotiz – nicht wichtig. Und außerdem war es ja »nur ein Erziehungslager« für unbelehrbare Kommunisten.

Sophie war inzwischen zwölf Jahre alt und schrieb brave Verse in ihr Poesiealbum. Die Geschwister Inge und Hans hingegen notierten oft glühende Vaterlandsbeschwörungen in ihre Tagebücher. Ihre Begeisterung kannte keine Grenzen.

Sie bewunderten Hitler über alles.

Inge hielt in der Schule einen Vortrag: Sie fand es so herrlich, dass man sich zu einem so großen Mann bekennen durfte. Während sie ihren eigenen Text las, kamen ihr sogar die Tränen.

Sie wollte mit Leib und Seele zu Hitler gehören; nach Hitler käme nur noch Gott. Sophie hatte die Spannungen zwischen den beiden Kindern und den Eltern bestimmt mitbekommen. Schon in der alten Wohnung in der Kernerstraße war es ständig zu Auseinandersetzungen gekommen.

Hans hatte in seinem Zimmer ein Porträt von Adolf Hitler. Jeden Abend hängte der Vater das Bild entrüstet ab, versteckte es in einer Schublade, um es am nächsten Tag wieder an der gleichen Stelle an der Wand vorzufinden.

Das zog sich über eine ganze Zeit lang hin. Es gab viele laute Worte und völliges Unverständnis auf beiden Seiten. Schließlich kapitulierte der Vater – das Bild blieb hängen.

Die Kinder freuten sich darüber, so hatte in ihren Köpfen Hitler den Sieg davongetragen.

Inzwischen waren die beiden »Großen« in die Jugendorganisationen der Nationalsozialisten eingetreten.

Im Mai war Hans zum ersten Mal in seinem geliebten Braunhemd mit der Hitlerjugend marschiert. Im Juni hatte es auch Inge »geschafft«. Sie durfte mit der Erlaubnis der Mutter in den »Bund Deutscher Mädel« eintreten.

Die Kluft zwischen den beiden älteren Kindern und dem Vater wurde immer größer. Oft ging es ziemlich turbulent zu in der neuen Wohnung in der Olgastraße. Da war der heftige Streit zwischen dem Vater und dem ältesten Sohn, aber auch das unbeherrschte Klavierspiel von Tochter Inge: Je lauter die beiden stritten, umso wilder hämmerte sie in die Tasten.

Sophie ging lieber im nahe gelegenen alten Friedhof spazieren. Nur ein paar Schritte, und schon konnte sie die Hektik der Stadt hinter sich lassen.

Die Bäume schluckten den Lärm und spendeten Schatten. Sophie brauchte immer die Natur um sich: Das Knirschen ihrer Schritte auf dem Kiesweg, das Rauschen der Blätter, das Singen der Vögel.

Im nördlichen Bereich des Friedhofs, in der Nähe der Pauluskirche, sah sie einige jüdische Gräber. Sie entdeckte einen hohen schwarzen Stein, auf dem ihr Name stand. Da hatte jemand den gleichen Vor-

namen wie sie – Sophie – Sophie Hilb, geborene Schwab. Dann war da eine im Boden eingelassene Steinplatte – Albert Dreyfus. Er wurde nur fünfzehn Jahre alt.

Im flirrenden Licht zwischen den Ästen las sie auf einem verwitterten Grabstein: »Dem Auge fern, dem Herzen ewig nah«.

Hier, zwischen den Gräbern, fand Sophie etwas Ruhe, erinnerte sich oft an ihre kleine Schwester Thilde.

Sie dachte auch an die Konfirmation von Inge und Hans in der Pauluskirche. Die ganze Familie wurde von der feierlichen Stimmung dieses besonderen Tages getragen.

Doch nur wenige Wochen danach waren die Geschwister oft stundenlang unterwegs, kamen spät heim, fühlten sich müde und hatten aber dieses seltsame Lächeln. Elisabeth und Werner waren inzwischen auch »dabei«.

Und Sophie – welchen Weg sollte sie einschlagen? Die Entscheidung war aber bereits gefallen. Eigentlich wusste sie schon ganz genau, was sie tun würde.

Das erste Weihnachten in der schönen neuen Wohnung – der Schnee fiel in dichten Flocken, es war ruhig in der Stadt, nur das Rattern der Straßenbahn hallte herauf.

Die Familie Scholl hatte sich, wie immer an diesen Tagen, in ihr Idyll zurückgezogen. Leise Klaviermusik war zu hören, die Flammen der Kerzen bewegten sich leicht. Es war eine trügerische Ruhe.

Gleich im Januar trat Sophie in den »Bund Deutscher Mädel« ein. Monate später war ihr großer Auftritt auf der »Gänswies'« in Ulm.

Wie immer wurde im April Hitlers Geburtstag mit Pomp und Getöse gefeiert. Mit all den anderen Mädchen stand sie da – noch nicht mal ganz dreizehn Jahre alt – und sprach ihr Gelöbnis: »Jungmädel wollen wir sein. Klare Augen wollen wir haben – und tätige Hände. Stark und stolz wollen wir sein.«

Sophie Scholl bekam ihre eigene Uniform – ein großes schwarzes Halstuch, dazu den braunen Lederknoten, um es zusammenzuziehen, eine weiße kurzärmelige Bluse und einen dunklen Rock, braune Halbschuhe, weiße Söckchen und natürlich das HJ-Abzeichen. Voller Begeisterung trug sie nun diese Uniform. Das Marschieren mit der Fahne in der Rechten und der Fackel in der Linken, das Brüllen der Parolen, das Singen der Lieder, der Hitlergruß – all das wurde zu ihrem neuen Leben.

Das »andere« Denken hatte ihr Herz erreicht. Alles sah anfangs noch nach einem Spiel aus. Aber bald wurde daraus bitterer Ernst. Im Sommer stand sie zusammen mit Hunderten Jungen und Mädchen auf dem Münsterplatz.

Dieser Platz war mittlerweile kein friedlicher Platz mehr, um Tauben zu füttern und um seine Hände im frischen Wasser des Brunnens zu kühlen. Hier wurde ab jetzt »Politik« gemacht.

Es verging kaum ein Tag, an dem nicht irgendeine Veranstaltung der Nationalsozialisten abgehalten wurde.

So auch am 19. August 1934. Mitten auf dem Münsterplatz hatte man ein drei Meter hohes Porträt von Hitler aufgestellt. Ein Gefangener aus dem Lager Oberer Kuhberg »durfte« es malen. Er sei natürlich ein glühender Verehrer des Führers, wie auf einer extra angebrachten Tafel zu lesen war. Das Bild zeigte Hitler mit einem stechenden heroischen Blick.

Zur Feierstunde wurde Akkordeon gespielt, und als es Abend wurde, zogen die Jungen und Mädchen mit ihren Fackeln durch die Stadt. Sophie Scholl mittendrin.

Jahre lang beschrieb sie diese »erhabenen« Gefühle immer wieder. Sophie ging völlig in der Ideologie der Nationalsozialisten auf.

Das ruhige, in sich gekehrte Mädchen, das die Natur über alles liebte, schien es nicht mehr zu geben.

Sie schnitt sich die Haare kurz, trug über all die Jahre einen markanten Herrenschnitt. Wenn die Leute sahen, wie Sophie in ihrer Uniform durch die Straßen marschierte, deuteten sie mit dem Finger auf sie und sagten, leicht belustigt: »Da schau, da läuft's wieder – 's Buabamädle!«

Sophie Scholl war immer unterwegs. Es war ein besonders heißer Tag mitten im Juni. Die nächste Sonnwendfeier wurde vorbereitet. Der Marsch hinauf auf den Michelsberg war anstrengend. Hitlerjugend und Bund Deutscher Mädel standen auf dem Hügel Spalier.

Riesige Holzstöße wurden entzündet und aus voller Kehle sangen alle: »Zur Flamme empor!« Sophie kannte den Text auswendig:

»Heilige Glut / Rufe die Jugend zusammen / Leuchte du flammendes Zeichen / Daß alle Feinde erbleichen / Wir schwören am Flammenaltare / Deutsche zu sein.«

Jedes einzelne Wort sang Sophie voller Inbrunst. In den warmen Nächten saß sie zusammen mit all den anderen unter dem Himmel und sang die alten Heimatlieder. Sophie spielte auf ihrer Mundharmonika, die sie zum Geburtstag geschenkt bekommen hatte. Über ihr die Sterne, die nun eine andere Bedeutung für sie hatten.

Es waren nun die Sterne der Heimat. Alles fügte sich in das neue Weltbild ein.

Beim Karten- und beim Kompasslesen, beim Eintopfkochen über dem Lagerfeuer, beim Lesen der Gedichte entstand eine verschworene Gemeinschaft.

Alles wurde überzogen von einem neuen Heimatgefühl ... und so schienen auch die Sterne zu Deutschland zu gehören. Die dunklen Rosen im Hauptportal des Münsters, die sie betrachtet hatte, waren nicht mehr wichtig.

In herausgeputzter Uniform stand sie unbeweglich mit den anderen Mädchen und Jungen in Reih und Glied am eisernen Gitter und schmetterte mit Begeisterung: »Wir haben jetzt eine andere Religion! Unsere Religion heißt Deutschland. Die Fahne hoch, die Reihen fest geschlossen, SA marschiert mit ruhig festem Schritt.«

Das ganze Leben schien von dieser neuen »Religion« bestimmt zu sein: Der Unterricht in der Schule, die Gespräche mit den Klassenkameraden, die Bücher, die hetzerischen Schlagzeilen der Zeitungen, die gewaltverherrlichenden Filme und die verlogenen Heimatschnulzen, die Propaganda im Radio, die flammenden Reden auf den großen Plätzen.

Bis in die kleinste Zelle der Gemeinschaft drängte sich diese Ideologie. Die Familie Scholl veränderte sich immer mehr.

Im »Mädchenzimmer« trafen sich Inge, Elisabeth und Sophie regelmäßig mit ihren Freundinnen – alle natürlich im BDM.

»Heimatabend« nannte man das. Die Mutter schaute immer mal wieder vorbei, brachte heißen Tee und frischgebackenen Hefezopf. Die Jungs, die sich oben unter das Dach verzogen hatten, wurden ebenfalls versorgt. Der Vater, der sein Büro im Haus hatte, konnte mit diesen Treffen rein gar nichts anfangen. Diese plumpe Hitlerverehrung, das Nachplappern irgendwelcher Parolen, das Hören der Sendungen aus dem Volksempfänger, all das konnte er nur schwer ertragen.

Längst hatte er es aufgegeben, mit den jungen Männern zu diskutieren. Früher hatte er das mit Leidenschaft getan, aber schon seit einiger Zeit war es ihm, als würde er all seine Worte nur in den Wind sprechen.

Dass alle seine Kinder dieser Ideologie scheinbar gedankenlos nachfolgten, ließ ihn immer mehr verzweifeln. Die Mutter versuchte mit ihrer besonnenen Art, allen gerecht zu werden. Sie ließ die Kinder gewähren, aber der oberflächliche Frieden war nicht echt. Oben unter dem Dach las Hans bei Kerzenschein aus Rilkes »Cornet« vor. Andächtig lauschten die »Hitlerjungen« den pathetischen Worten. Schon im Ersten Weltkrieg hatte die Lektüre in das Marschgepäck gehört. Das eigene Leben hinten anstellen, Opfer bringen für die Fahne. Die Fahne aus dem Feuer retten, dann den Kameraden hinterherstürmen, mit der brennenden Fahne sterben – wie wunderbar heroisch sich das anhörte. Die Jungs saßen auf Stühlen, Kisten und Decken und lauschten ergriffen dem Ende des jungen Soldaten. Wie heldenhaft es war, für ein brennendes Stück Stoff zu sterben. »Unsere Fahne flattert voran / Unsere Fahne ist die neue Zeit / Und die Fahne führt uns in die Ewigkeit / Ja, die Fahne ist mehr als der Tod.«

Mitten in Ulm wurden Häftlinge durch die Straßen gezerrt. Sie wurden eingesammelt und auf die Ladefläche eines Lastwagens gepfercht. Jeden Donnerstag wiederholte sich das Szenario. Man nannte diesen Tag »Badetag«. Der Lastwagen fuhr hinauf in das sogenannte Schutzlager auf den Oberen Kuhberg. Die meisten wussten wohl, was dort geschah.

Das war das wahre Gesicht dieses neuen Deutschlands – ein Gedicht von Rilke erschien bei solchen Aktionen wahrscheinlich nicht so ganz passend.

Die meisten Menschen aber fühlten sich in einem kollektiven Rauschzustand.

Anfang des Jahres 1935 wurde im Saarland gewählt. Man war der französischen »Herrschaft« überdrüssig geworden. Man wollte wieder zurück, man wollte »Heim ins Reich«. Über 90% der Bevölkerung stimmte dafür. Dieses Ergebnis musste natürlich mit großem Brimborium gefeiert werden.

Am 1. März war Feiertag. Um kurz nach Zehn läuteten in ganz Deutschland die Kirchenglocken. Sophie Scholl war schon seit dem frühen Morgen unterwegs. Die Dunkelheit lag noch über der Stadt, als sie mit ihrem Fahrrad zum Hauptwachplatz fuhr. Die ersten Geschäfte öffneten, das Licht fiel auf den Gehweg. Sophie lehnte ihr Fahrrad an einen der Pfeiler des Musikpavillons. Es begann zu regnen, und sie suchte Schutz unter dem runden Dach. Sophie stand auf dem glatten Boden, auf dem am Sonntag immer die Kapelle spielte, und schaute sich um. Es war niemand da. Sie machte ein paar Tanzschritte und drehte sich ein paar Mal um ihre eigene Achse. Für diese Sekunden war sie dann wieder das Mädchen von früher. Sie musste nicht schauspielern, musste keinem irgendetwas beweisen.

Noch herrschte Ruhe, aber schon bald würde es hier zugehen wie in einem Ameisenhaufen.

Sophie verließ den schützenden Pavillon und stellte sich in den Regen, als sei dies ihre Pflicht. Sie zupfte an ihrer Uniform herum, zog die weißen Socken hoch. In der Ferne sah sie schon die anderen Mädchen. Die Läden der Holzbuden wurden hochgeklappt. Auf den Tischen waren Pappkartons aufgetürmt. Sie waren angefüllt mit Unmengen getrockneter Edelweißblumen. Die mussten heute noch »an den Mann« gebracht werden. Jedes der Mädchen erhielt eine Sammelbüchse und zog dann durch die Straßen. Das war ein Teil des sogenannten Winterhilfswerks.

Es war eine groß angelegte Aktion, die Millionen von Reichsmark in die Staatskassen spülte.

Hitler hielt zuvor immer eine Rede im Volksempfänger: »Auch du musst opfern, alles zum Wohle der Volksgemeinschaft.«

Überall prangten Plakate mit sentimentalen Darstellungen.

Man konnte Lose kaufen oder bei dem beliebten »Opferschießen« teilnehmen. Jeden ersten Sonntag des Monats gab es den berühmten »Eintopfsonntag«. Da wurde auf den traditionellen Braten verzichtet – es gab Eintopf – das so gesparte Geld wurde gespendet.

Zur Anerkennung erhielt man verschiedene Anstecker. Besonders beliebt waren das grüne Kleeblatt aus Holz und das silberne Hitlerporträt mit der Aufschrift: »Der Führer dankt es dir!«

Sophie Scholl war den ganzen Tag unterwegs gewesen. Es war bereits dunkel. Keine Tür hatte sie auf ihrer Tour ausgelassen, jede Klingel gedrückt, sich nicht abwimmeln lassen. Ständig musste sie neue Edelweißblumen holen. Sophie hörte erst auf, als die Spendenkasse nicht mehr schepperte. Das war das Zeichen, dass sie bis zum Rand mit Geldstücken angefüllt war.

Der Feiertag ging zu Ende. Als sie mit dem Fahrrad nach Hause fuhr, sah sie noch ein paar unermüdliche Fackelträger durch die Gassen laufen.

Zwei Jungs zogen ihre großen Trommeln hinter sich her. Die gezackten weißen Blitze einer Rune waren auf die schwarzen Seiten gemalt. Die »Grauen Glücksmänner« hatten ihre roten Loskästen vor sich abgestellt. Sie hatten Tausende von ihren Losen verkauft und konnten kaum noch aufrecht stehen. Sie nickten Sophie kurz zu und setzten sich erschöpft auf die leeren Holzkisten.

Zu Hause brannte noch Licht. Der Vater öffnete die Haustür. Er sagte nichts. Er schüttelte nur den Kopf.

Sophies Schwestern schliefen schon. Sie waren auch alle von morgens bis abends auf den Beinen gewesen. Sophies Körper schmerzte, aber das war für sie wie eine Auszeichnung. Sie schaute noch ein wenig aus dem Fenster, beobachtete im Licht der Straßenlaterne, wie der Wind mit den Ästen eines großen Baumes spielte. Sophie Scholl war seit Kurzem zur Schaftführerin aufgestiegen. Sie hatte praktisch die erste Stufe der Hierarchie erreicht: »Jugend führt Jugend«.

Sie hatte fünfzehn Mädchen unter sich. Ihre Gruppe traf sich in Wiblingen. Fast jeden Tag fuhr sie mit dem Fahrrad diese Strecke, natürlich auch wenn es in Strömen regnete, auch wenn ein starker Schneesturm sie kaum vorwärtskommen ließ. Ungerührt stieg sie ab und schüttelte die Schneeflocken von der Uniform. Oft waren ihre Waden blau vor lauter Kälte.

Im Sommer dagegen trug Sophie in der größten Hitze die Jacke ihres Bruders, einfach weil ihr die besser gefiel und sie besser zu ihrem Haarschnitt passte.

Über ihre Schwester Inge lernte Sophie die gleichaltrige Susanne Hirzel kennen. Sie war auch in den »Bund Deutscher Mädel« eingetreten und besuchte des Öfteren das Haus der Scholls.

Die zwei Mädchen freundeten sich schnell an und verbrachten ihre freie Zeit gemeinsam. An einem heißen Sommertag gingen die beiden zum Schwimmen.

Die Donau führte sehr viel Wasser. Die Wellen schlugen hoch. Sophie stürzte sich mit ihrer Freundin in die Fluten. Sofort wurden sie von der Strömung erfasst. Aber anstatt zu versuchen, wieder in Richtung Ufer zu schwimmen, ließen sich die beiden in die Mitte des breiten Flusses treiben.

In der Ferne sahen sie die mächtige Donaubrücke auf sich zukommen. Zwischen den beiden großen Mittelpfeilern war die Strömung am stärksten. Das dunkelgrüne Wasser brach sich in hohen Wellen an den Mauern.

Susanne und Sophie fassten sich an den Händen, dann schossen sie unter der Brücke durch. Kurz Dunkelheit, dann wieder Sonnenschein. Der Strudel hinter der Brücke riss die beiden fast auseinander, aber sie ließen sich nicht los. Sekundenlang wurden sie unter Wasser gedrückt, bis endlich das Drehen und Reißen nachließ und die Wellen sich beruhigten. Die beiden schrien und lachten vor Freude. Erst später, als beide erschöpft am Ufer lagen, als sich ihr Herzschlag langsam beruhigte, wurden sie etwas nachdenklicher.

Während die Sonne ihre Haut trocknete, reiste Sophie mit ihren Gedanken in die Vergangenheit. Sie war wieder mal, wie so oft, in Forchtenberg. Sechs Jahre war sie damals alt und stand am Ufer des Kochers. Ihre große Schwester Inge schwamm unterhalb des kleinen Wehres an das andere Ufer. Das wollte Sophie auch. Es genügte ihr nicht, nur die Beine im Wasser baumeln zu lassen. Sie wollte schwimmen, so wie Inge.

Wenig später machte Sophie schon ihre ersten Züge. Zwar etwas unbeholfen, aber sie konnte sich gut über Wasser halten.

Ihre Schwester hatte ihr das Schwimmen beigebracht, und nun gab es kein Halten mehr. Zunächst blieb sie immer in Inges Nähe, aber schon bald schwamm sie alleine quer über den ganzen Fluss. Kurz eine Pause am Ufer, dann gleich wieder zurück. Das ging Stunden so weiter, so lange bis Sophie nicht mehr konnte und sie völlig ausgepumpt im hohen Gras lag.

Sie beobachtete die Mohnblumen, die sich leicht im Wind wiegten, die Libellen, die bewegungslos in der Luft standen.

Dann kam für einen kurzen Augenblick Trauer über Sophie.

Sie musste an ihre kleine Schwester denken, an Thilde. Vor einem halben Jahr hatte man sie zu Grabe getragen.

Sie lag nicht weit von hier. Der Friedhof war nur ein paar Meter vom Ufer des Kochers entfernt.

Sophie dachte an das ausgelassene Planschen im Wasser und wie das der kleinen Thilde bestimmt gefallen hätte. Eine Träne lief über Sophies Wange.

Dann stand Inge vor ihr und mahnte zum Aufbruch. Mutter würde sich bestimmt schon Sorgen machen.

Aber das schien schon so lange her. Jetzt lag sie zwar schon wieder erschöpft im Gras, aber es war nicht in Forchtenberg, sondern in Ulm.

Es war auch eine andere Sophie. Ihr Geist war hart geworden, und das weiche Herz, das sie in sich suchte, fand sie nur in seltenen Augenblicken.

Wenige Tage später stellte sie am Donauufer gemeinsam mit den Jungmädeln ein großes Zelt auf; Geschichten erzählen und Singen am Lagerfeuer. Nachdem Sophie viele Lieder auf der Gitarre begleitet hatte, legte sie das Instrument zur Seite und kramte aus ihrem Beutel ein abgegriffenes Büchlein heraus.

Ihr Bruder Hans hatte es schon oft in den Händen gehabt: »Die Weise von Liebe und Tod des Cornets Christoph Rilke«. Auch sie schien diesem Buch verfallen zu sein und wollte ihre Jungmädel ebenfalls dafür begeistern. Sophie hatte eine klare, helle Stimme. Sie las schnell und atemlos.

»Reiten, reiten, reiten, durch den Tag, durch die Nacht, durch den Tag. Reiten, reiten, reiten … Er holt die kleine Rose empor, nimmt ihr ein Blatt. Als ob man eine Hostie bricht. Das wird euch beschirmen. Lebt wohl.«

Zum Schluss lag eine verkohlte Fahne auf dem nassen Gras … überall Tod und Verwüstung … aber die Fahne, die hatte man nicht im Stich gelassen.

Sophie schloss bedeutungsvoll das dünne Buch.

Dann war Stille, nur das Prasseln des Feuers war zu hören. Sophie lief der Schweiß über die Stirn. Einige der Mädchen hatten Tränen in den Augen. Ergriffen schauten sie auf die Hakenkreuzfahne, die sie in die Wiese gesteckt hatten.

Sophie dachte an die Rose des jungen Soldaten, an die Eisenrosen am Münster und an den Duft der echten Rosen.

Auf dem Weg nach Hause überkam sie ein Gefühl der Erhabenheit und des Stolzes.

Sie strich sich ihre lange Haartolle aus dem Gesicht. Ihre Haare waren immer noch verschwitzt. Der Nachtwind tat gut. Was für ein aufregendes Leben!

Im Augenwinkel bemerkte sie weiße Buchstaben auf einem Schaufenster. Der Regen hatte der Farbe schon zugesetzt, aber man konnte die Worte noch einigermaßen lesen:

»Wer beim Juden kauft, ist Volksverräter.«

Plötzlich dachte Sophie an ihre Freundin Anneliese Wallersteiner. Sie war Jüdin und hatte ihr vor ein paar Tagen erzählt, dass es für sie nicht mehr erlaubt sei, das Schwimmbad zu besuchen. Sophie konnte das nicht verstehen. Dabei sprach sie selber die Parolen nach, hielt reißerische Reden als Schaftführerin. Es ging meistens um Rassenhygiene: Was ist nordisch und warum darf der germanische Blutstrom nicht verunreinigt werden?

Die Jungmädel lauschten gespannt, aber es geschah immer öfter, dass sich Sophie nach diesen Vorträgen nicht gut fühlte. Es blieb ein schaler Geschmack.

Vor ein paar Monaten hatten Unbekannte fast alle Grabsteine im jüdischen Teil des alten Friedhofes umgestoßen, den Grabschmuck über die Wiese verteilt und Hetzparolen in weißer Farbe über die Namen geschmiert. Bei einem Spaziergang sah Sophie die Grabsteine dort liegen.

Im Herbst machte sich Bruder Hans auf den Weg nach Nürnberg. Er war als Fahnenträger auserwählt worden. Zusammen mit fünfzig anderen jungen Männern aus Ulm ging es bei Wind und Wetter über staubige Straßen.

Durch das ganze Land wurden über dreihundert Fahnen auf das Reichsparteitagsgelände getragen und dort feierlich aufgestellt. Hier sollte die Geschichte eines »neuen Volkes« geschrieben werden. Ein Zentrum der Macht, gebaut im klassischen Stil, aber natürlich höher, größer, bombastischer. Die meisten Bauten waren zwar noch im Entstehen, aber man konnte bereits erahnen, welche gigantischen Dimensionen sie annehmen würden. Das neue Reichsparteitagsgelände war das Vorzeigeprojekt des sogenannten »Dritten Reiches«.

Von hier aus sollte der Siegeszug beginnen. Zehntausende standen auf dem Zeppelinfeld und warteten auf den »Führer«.

Hans Scholl hielt die Fahne fest in den Händen. Ein heftiger Wind blies den Straßenstaub aus dem schweren Stoff. Durch die Lautsprecher hallte eine markige krächzende Stimme.

Hitler stand in seiner Kanzel auf der mächtigen Betontribüne. Keiner der jungen Männer rührte sich. Sie standen in großen Blöcken, dicht an dicht, wie mit dem Lineal gezogen – eine riesige Menschenmasse bis zum Horizont. Und die Herzen all dieser Menschen schienen im gleichen Takt zu schlagen.

Da war kein Platz mehr für den Einzelnen, es gab nur noch »ein Volk, eine Fahne und einen Führer«.

Am letzten Abend, als Hans ein paar Schritte um das Zeltlager lief, las er die Schrift auf einem langen schwarzen Banner: »Wir sind geboren, um für den Führer zu sterben«.

Am Tag der Abreise wurde dieser »Führer« von der begeisterten Menge gegen einen Zaun gedrückt. Die Menschen wollten seine Hand schütteln oder ihn wenigstens kurz berühren.

Später, als die Ordner die Masse zurückgedrängt hatten, blieb nur zertrampeltes Gras. Einer der Hitlerjungen riss eine Latte aus dem ramponierten Zaun. An dieses Stück Holz hatte sich der Führer gelehnt.

Bevor Hitler das Gelände verließ, hatten schon Dutzende der jungen Männer die Reifen und die Radkappen seines Wagens geküsst.

Als Hans Scholl wenige Stunden später im Zugabteil saß, schmerzten ihm sämtliche Knochen. Die Worte von Hitler dröhnten noch in seinen Ohren, auch das »Heil! ... Heil! ... Heil!« Sein Hals fühlte sich rau an, schließlich hatte er aus voller Kehle mitgeschrien und mitgesungen.

Hans fühlte sich leer. Wo nur blieb bei all den Massen noch der Mensch? Er galt nicht mehr viel, schien nur noch ein Mittel zum Zweck. Hans fragte sich, ob das alles noch seine Welt sei.

Wenige Tage später fuhr Hitler mit seinem offenen Wagen von Augsburg nach Stuttgart.

Er saß dick eingemummt auf der Rückbank, während sein Chauffeur langsam durch die belebten Straßen von Ulm fuhr.

Fast niemand erkannte ihn, nur eine junge Frau schrie außer sich vor Freude: »Der Führer, der Führer ... das war der Führer, ich hab's genau gesehen!« Sie winkte noch, obwohl er schon längst nicht mehr zu sehen war.

Kurz darauf fuhren über die Straßen Ulms andere Fahrzeuge. Tausende Menschen applaudierten dem ewig langen Festzug zum Erntedankfest. Die Traktoren und die Anhänger waren festlich geschmückt. Dahinter marschierten die Trommler und die Fahnenträger. Bald wurden sie übertönt von den Motoren der schweren Artillerie. Flakgeschütze, leichte Panzer und eine Motorradstaffel ratterten über den Asphalt und reihten sich ein zur großen Parade auf dem Münsterplatz.

Das Münster stand bald schon wieder im Mittelpunkt. Die »Filmleute« kamen nach Ulm. An ihrer Spitze Bergsteiger und Volksschauspieler Luis Trenker. Er drehte seinen neuesten Film: »Der Kaiser von Kalifornien«. Das Hauptportal des Münsters bildete die Kulisse.

Statisten des Ulmer Stadttheaters bevölkerten die gespenstische Szenerie. Gewaltige Scheinwerfer ließen die Figuren aus Stein wie lebendige Personen wirken. Luis Trenker stapfte festen Schrittes von rechts nach links.

Ein Jahr später erschien der Film in den Kinos. Er wurde ein großer Erfolg.

Der Winter war hart. Ausgiebige Schnee- und Regenfälle ließen die Donau über die Ufer treten.

Sophie Scholl stand oben auf der Mauer und schaute den reißenden Wellen zu. Sie konnte sich gar nicht mehr vorstellen, dort vor einem halben Jahr noch zusammen mit Susanne gebadet zu haben. In diesen hohen braunen Wellen wären sie wohl sofort ertrunken. Fortgerissene Boote trieben unter den Brücken dahin.

Dicke Schneeflocken landeten auf Sophies Handschuhen. Ideales Badewetter war das nicht.

Sie musste an Hans denken. Wie oft hatten sie sich im klaren Wasser der Iller abgekühlt, wie oft hatten die beiden sich in den Schatten der Bäume gelegt und sich tief in ihre Bücher verkrochen.

Nachdem Hans aus Nürnberg zurückgekehrt war, schien er sich verändert zu haben. Er sprach nicht gern darüber, und Sophie hakte auch nicht nach.

Sie lebte in ihrer eigenen Welt. Da war dieser Wunsch nach einer einsamen Insel, fern vom Lärm und Geschrei dieser Welt. Sie zog sich oft zwischen die Bäume des alten Friedhofs zurück. Wenn es dunkel wurde, war die Helligkeit der Nacht ihr ganzer Trost. Denn im Vergleich zu den schwarzen Kronen der Bäume erschien das Universum fast hell. Die Sterne über ihr zogen langsam ihre Bahnen. Sophie hätte gern immer so fest gestanden wie der Polarstern in der Mitte. In Wahrheit aber war ihr Leben wie ein rasendes Karussell. Es war wie ein Taumeln zwischen all den Liedern und den vaterländischen Gedichten, den dumpfen Parolen, dem Marschieren und Fahnenschwingen.

»Gerade sein«, niemals gebeugt, den rechten Arm weit in die Höhe gereckt. Lauthals »Heil« geschrien und voller Ehrfurcht Gelöbnisse nachgesprochen, bei strömendem Regen im hohen Tempo vor ihrer kleinen Gefolgschaft durch die Straßen geeilt. Sie war stets die Erste und die Letzte. Es gab keine halben Sachen, es gab kein Grau, sondern nur Schwarz oder Weiß.

Sie war hart zu sich selbst und verzieh auch keine Schwäche bei »ihren« Mädchen. Wehe, es wagte irgendjemand, ihre Methoden anzuzweifeln.

Das Karussell drehte sich ohne Unterlass, und abends fiel Sophie wie ein Stein ins Bett.

In diesem kalten Winter wehte der Schnee oft wochenlang um die Häuser. Die Weihnachtstage schenkten wie immer etwas Ruhe. Da war wieder diese heile Welt, die Sophie so schätzte.

Aber schon wenig später stand sie wieder mit ihrer Gruppe auf der Straße im eisigen Wind, oder sie klapperte sämtliche Türen mit ihrer Sammelbüchse ab – Spenden für das Winterhilfswerk.

Dann ging es gleich weiter in den Schwarzwald. Sophie fuhr mit Inge und Elisabeth nach Freudenstadt zum Treffen der BDM-Führerinnen.

Zurück in Ulm, saß Sophie mit ihrer großen Schwester im Kino. Leni Riefenstahls »Unsere Wehrmacht« wurde gezeigt.

Wieder war der Saal von der HJ über und über mit Hakenkreuzfähnchen geschmückt worden. An vielen Stellen des Films wurde lautstark applaudiert.

Im Februar ließ der Griff des Winters etwas nach, und mit den ersten warmen Sonnenstrahlen rollten die Festwagen des Faschingsumzugs durch die Straßen und Gassen. Brot und Spiele für das Volk, besonders in harten Zeiten.

Im ersten Wagen saß der beliebte »Prinz Heini von Theatralien«. Dann folgten die »Abessinier und der Duce«, der Balkanlöwe und die Eselsköpfe.

Viele kleine Säuglinge aus Pappmaché lagen in Strohkörben, die von Störchen getragen wurden. Auf einem weißen Banner stand: »Erzeugungsschlacht durch Liebe und Kraft«. Wieder standen Zehntausende auf den Gehwegen und bejubelten das Spektakel.

Am 29. März war Wahlsonntag. 98,95 % hatten für Hitler gestimmt. Das musste gefeiert werden.

Im Vorfeld hatten die Jungmädel Girlanden geflochten, insgesamt siebentausend Meter.

Rund um den Münsterplatz flatterten vierzigtausend kleine Flaggen. Einhundertvierzigtausend Glühlämpchen waren an den Häuserfassaden angebracht worden. Der Turm des Münsters erstrahlte am späten Abend in einem rötlichen Schein, bengalische Feuer wurden entzündet. Als die Feuer abgebrannt waren und nur noch Rauchschwaden über den Platz zogen, leuchtete oben in der Mitte des Turms ein dreifacher Kranz aus fast tausend Glühlampen.

Sophie saß müde in einer Ecke, sie war stolz – stolz auf »ihre Truppe«. Es war ein Sonntag im März, aber der ganze Münsterplatz sah aus wie im Winter, wie an Weihnachten.

Nach der langen kalten Zeit kam der Frühling mit Macht. In ihrer kurzen Freizeit schlenderte Sophie am Donauufer entlang. Sie lief barfuß über das Gras und schaute hinauf in die Kronen der Bäume, die langsam immer dichter wurden vor lauter grünen Blättern. Der Strom floss ruhig dahin, die Sonne glitzerte auf den Wellen.

Im Mai wurde Sophie fünfzehn. Sie nahm den zweiten Schritt der Karriereleiter im Bund der deutschen Mädel. Sie wurde Scharführerin und wechselte von Wiblingen nach Söflingen. Statt für fünfzehn Mädchen war sie nun für vierzig Jungmädel verantwortlich. Das Karussell stand nicht still.

In den Sommerferien ging es für Sophie erst mal mit den anderen Mädelführerinnen auf »Große Fahrt«. Ziel war Langeoog. Sophie genoss die Zeit auf der kleinen Insel.

Es war das erste Mal, dass sie das Meer sah. Stundenlang saß sie mit angezogenen Beinen am Strand und schaute auf die heranrollenden Wellen. Sie sammelte Muscheln und betrachtete ihren Fund zwischen den Dünen.

Aber auch hier fand sie keine Ruhe, wollte sie auch nicht finden. Sophie wurde auserwählt, die Fahne ins Meer zu tragen. Bei diesem Ritual wurde der Stoff feierlich in das Wasser getaucht und so symbolisch gereinigt.

Die Tage am Meer vergingen sehr schnell; jeden Tag stürzte sich Sophie in das leuchtend blaue Wasser.

Stillstand gab es nicht – kaum zu Hause angelangt, wartete schon das nächste Sommerlager. Sophie hatte alles organisiert. Diesmal ging es mit schwer bepackten Fahrrädern quer durch das Allgäu bis hinunter zum Bodensee. Die großen weißen Zelte wurden aufgestellt und jede Menge Strandholz für das Lagerfeuer gesammelt. Die Fahne wurde gehisst und die Wachen wurden eingeteilt. Sophie war bei den Mädchen sehr beliebt. Sie schätzten ihren ausgeprägten Sinn für Gerechtigkeit. Für Sophie gab es keinen Standesdünkel, jeder wurde gleich behandelt.

Alle Essensvorräte, die die Eltern mitgegeben hatten, gingen sofort in das Allgemeingut über. So bekamen alle »alles«.

Die Kinder, deren Eltern nicht viel Geld besaßen, wurden so nicht benachteiligt.

Abends am Lagerfeuer las Sophie die Ballade von Sigurd und seinem Pferd Grani vor.

Sophie hatte gerade noch ein Stück Strandholz vor den Flammen gerettet. Es hatte die Form eines sich aufbäumenden Pferdes. Sophie steckte es in den Sand und baute ihre Geschichte rund um dieses Stück Holz aus dem See auf.

Als fast schon alle schliefen, spielte Sophie einfach auf der Gitarre weiter.

Im fernen Berlin ging es nicht ganz so idyllisch zu. Die ganze Welt schaute kritisch auf Deutschland.

Das Regime wollte sich keine Blöße geben, also wurden im Vorfeld der Olympiade einige Maßnahmen ergriffen. Sinti und Roma wurden in einem Lager außerhalb der Stadt vorübergehend festgesetzt.

Von der Öffentlichkeit unbemerkt, entstand kurze Zeit später das Konzentrationslager Sachsenhausen. Mitten in der Stadt wurde der schöne Schein bewahrt. »Die Welt zu Gast in Berlin«.

Alle Schmierereien an den Schaufenstern der Juden wurden beseitigt und sämtliche Schilder mit »Juden unerwünscht« entfernt. Beim Abtransport der Schilder sangen die Hitlerjungen: »Nach der Olympiade machen wir aus den Juden Marmelade!«

Bei den Spielen gewann der schwarze Sportler Jesse Owens vier der wichtigsten Goldmedaillen. Hitler saß auf der Haupttribüne und schäumte innerlich. Er raunte Baldur von Schirach zu: »Die Amerikaner sollten sich schämen, ihre Medaillen von Negern gewinnen zu lassen. Ich werde diesem Neger nicht die Hand schütteln.«

Später, als Schirach ihn drängte, sich zusammen mit Owens fotografieren zu lassen, bekam Hitler aufgrund dieser absurden Vorstellung einen heftigen Wutanfall.

Amerika und die europäischen Nachbarn ließen sich von der pompösen Inszenierung blenden, sahen nur das, was sie sehen wollten, schauten nicht hinter die Fassade.

In Ulm endete das Jahr für Sophie Scholl mit der Wintersonnenwende. Direkt vor dem Metzgerturm wurde das Feuer entzündet. Oben auf der Stadtmauer und unten am Ufer der Donau brannten die Fackeln. Ein eisiger Wind wehte über die Wiese. Sophie stand an die Mauer gelehnt und hatte die Augen geschlossen. Sie hörte die Lieder, aber zum ersten Mal sang sie nicht mit. Völlig erschöpft ließ sie sich ins Gras sinken. Das Jahr hatte viel Kraft gekostet, und sie ahnte, dass sich das im nächsten Jahr nicht ändern würde.

Am 29. März 1937 wurde Sophie gemeinsam mit ihrem Bruder Werner konfirmiert. Mit ganzem Herz war sie nicht dabei, sie tat es hauptsächlich ihrer Mutter zuliebe. Sophie und ihr Bruder waren die beiden einzigen aus der Konfirmandengruppe, die in ihrer HJ-Uniform in Richtung Altar schritten.

Sophie kannte keine Kompromisse. Viele hatten damals wohl nur ein Kopfschütteln übrig, aber Sophie ließ sich davon nicht beirren.

In vielen Kirchen hingen während des Gottesdienstes Hakenkreuzfahnen an den Wänden, bei Hochzeiten stand der Bräutigam stets in seiner Uniform vor dem Altar. Auf dem Standesamt hatte das Brautpaar statt der bisher üblichen Bibel bereits Hitlers »Mein Kampf« geschenkt bekommen.

Für Sophie Scholl war der Auftritt in ihrer Uniform etwas ganz Normales.

Am 1. Mai ging es hinaus auf die große Stadionwiese – da fiel man mit der Uniform nicht mehr auf. Es war ein sonniger, fast schon heißer Tag.

Der Maibaum wurde aufgestellt und mit Girlanden verziert. Beim Bändertanz sangen die Mädchen: »Der Mai ist gekommen«. Nach vielen Ansprachen steuerte das Fest seinem »Höhepunkt« zu:

Achthundert Hitlermädchen bildeten mitten auf der Wiese mit ihren Körpern ein riesiges Hakenkreuz. Der Applaus für diese »Darbietung« nahm fast kein Ende.

Am 9. Mai wurde Sophie Scholl sechzehn Jahre alt. Sie bekam ein kleines liniertes Buch geschenkt. Es sollte ihr erstes Tagebuch werden. Zunächst schrieb sie an ihren »Freund« – schrieb an den silbernen Mond: »Siehst du mich hier stehen? Ich bin so allein.«

Ein paar Monate später: »Ach, Gott, ich möchte gar nicht mehr. Ich mag nicht mehr. Haben alle Menschen solch unsinniges Heimweh wie ich? Wenn mir nur geholfen würde, wenn ich mir nur helfen könnte.«

Sophies Gefühle schienen durcheinander gekommen zu sein. Sie schwankten zwischen völliger Glückseligkeit und tiefer Trauer.

Was aber immer blieb, war die Liebe zur Natur.

Sie liebte alle Jahreszeiten. Im Winter trotzte sie den schweren Wolken und den Stürmen. Sie rannte mit dem Regen um die Wette und fuhr mit ihrem Fahrrad halsbrecherisch über die vereisten Straßen. Sie stürzte sich mit den Skiern die verschneiten Ulmer Hügel hinunter oder wanderte mit Freunden über die Alb.

Aber immer, wenn der nächste Frühling kam, erwachte auch wieder die gleiche Liebe.

Nach dem Schmelzen des Schnees, wenn sich aus dem niedergedrückten Gras der erste grüne Halm erhob, war Sophie auf den Wiesen und in den Wäldern unterwegs. Sie lehnte sich oft minutenlang an die Stämme der Bäume und tastete mit ihren Fingern die Rinde ab. Sie betrachtete das flirrende Sonnenlicht zwischen den tanzenden Ästen.

Ende Mai war das Wetter über längere Zeit schön gewesen. Endlich konnte man wieder baden gehen.

Das strömende Wasser der Iller war zwar immer noch kalt, aber das kümmerte Sophie nicht.

Heute war wieder ihre Schulfreundin Susanne mit zum Schwimmen gekommen. Es war schon spät. Sie legten sich ins hohe Gras. Niemand konnte sie sehen. Sophie hatte angefangen zu rauchen – eine Zigarette pro Tag.

Der Abendwind wehte den Qualm schnell weiter. Die Dämmerung lag schon über dem einsamen Illerwald, als die beiden sich noch einmal ins Wasser stürzten, diesmal nackt.

Mit jeder Faser wollte Sophie die Natur erfahren, das eisige sprudelnde Wasser auf der Haut spüren und danach den Wind, der ihre Haut trocknete.

Die Natur gab ihr den Halt, den sie brauchte. Alles andere um sie herum schien sich im Eiltempo zu verändern.

»Wie gut, daß die Menschen das wunderbare Blau des Himmels nicht verändern können.«

Als sie wieder einmal gelangweilt in ihrer Schulklasse saß, schaute sie aus einem kleinen Fenster und hatte plötzlich das Gefühl, die Glasscheiben seien braun gefärbt. Der Unterricht lief manchmal vor ihrem geistigen Auge ab wie ein Film, der sich immer wiederholte. Es waren stets die gleichen Rituale, immer die gleichen Parolen auf der Tafel, dann die riesige Erdkundekarte und das Schaubild über die verschiedenen Rassen.

Das dunkle Holzkreuz war inzwischen abgehängt worden, dafür prangte an dieser Stelle ein großes Hitlerporträt im Goldrahmen.

Ein paar Lehrer allerdings machten den Schulalltag erträglich. Die junge Lehrerin Dr. Else Frieß gehörte dazu. Ihr Unterricht begeisterte Sophie für die Biologie.

Zusammen mit ihrer Freundin Anneliese besuchte sie des Öfteren ihre Lieblingslehrerin und brachte dabei meist einen selbst gepflückten Blumenstrauß mit. Außerhalb der Schule schien Sophie ein anderes

Mädchen zu sein. Im Klassenzimmer dagegen fühlte sie sich eingeengt und fehl am Platz. Sophie saß hinten in der vorletzten Bank.

Oft machte sie den Eindruck, als würde sie schlafen, würde sich hinter ihren langen Haaren, die ihr ins Gesicht fielen, regelrecht verstecken.

Trotzdem sie war immer hellwach, ihre Antworten auf die Fragen waren stets auf den Punkt gebracht.

Um sich zu schützen, hatte Sophie Scholl einen Panzer um sich gelegt, eine Rüstung, die schwer zu durchbrechen war. Auf der einen Seite wollte sie dazugehören, liebte das Beisammensein, gleichzeitig wollte sie sich von dem ganzen »Spießertum« absetzen. Alle Klassenkameradinnen trugen lange Haare, die meist zu Zöpfen geflochten waren. Sophie Scholl wollte provozieren.

Ihr »Herrenschnitt« war ihr Markenzeichen, und nur wenige trauten sich, es ihr gleich zu tun.

Aber das waren nur Äußerlichkeiten. Die Zerrissenheit begann tief in ihrem Inneren und entwickelte sich immer mehr.

Da war dieser leichte Protest, dieses Unverständnis, das Nicht-Wahrhaben-Wollen der Welt um sie herum. Immer mehr interessierte sie sich für eine andere Welt – für eine Welt, die so gar nichts mehr mit dieser »neuen« Zeit zu tun hatte.

In dieser gleichgeschalteten Welt schien die Kunst noch die einzige Insel zu sein. Sophie Scholl wollte auf diese Insel gelangen. Alle Richtungen der Kunst waren ihr wichtig. Sie las fast in jeder freien Minute, ob im Schatten der Bäume, im Zug oder nachts unter der Bettdecke. Sie spielte Flöte, Mundharmonika und Gitarre.

Ihre größte Liebe aber galt dem Klavier. Als sie klein war, stand ein schwarzer Flügel mitten im häuslichen Wohnzimmer. Ehrfürchtig drückte sie eine der Tasten herunter und war entzückt von ihrem ersten gespielten Ton, der scheinbar aus dem Nichts kam. Später baute sie ihr eigenes »Klavier« aus Steinen nach, dünne Äste ergaben die Tastatur.

Auch entdeckte sie ihr Zeichentalent.

Inge unterstützte sie darin sehr, überließ ihr großzügig ihre Farben und nahm ihr sehr viel Hausarbeit ab, damit sie noch mehr Zeit zum Malen hatte.

Sie begann, Geschichten zu illustrieren. Es waren Texte von Inge – das Märchen von der Kinderhexe und die Geschichte von der Zaubergeige.

Nach und nach füllten sich Sophies Zeichenmappen, und bald hingen überall Bilder von ihr an den Wänden. Sie entwarf Postkarten und verschickte voller Begeisterung Motive der französischen Impressionisten.

Zu den Freunden der Familie gehörten auch die Maler Bertl Kley aus Geislingen und Wilhelm Geyer aus Ulm. Stundenlang saßen Inge und Sophie in deren Ateliers und sprachen mit den Künstlern über Stile und Maltechniken. So werden ihnen auch nicht die Kämpfe entgangen sein, die die meisten Künstler schon seit Jahren auszufechten hatten.

Was schon lange schwelte, fand 1937 seinen vorübergehenden Höhepunkt. Die deutsche Kunst sollte von allem, was »artfremd« war, gereinigt werden.

Die Nationalsozialisten sprachen von »Verfallskunst«. Sämtliche Museen wurden von dem »Schund« befreit.

Manche Bilder wurden sofort zerstört, die meisten aber waggonweise ins Ausland geschafft, um dort bei Auktionen noch etwas Geld herauszuschlagen. Die Maler kamen auf Schwarze Listen, ihnen wurden keine Aufträge mehr erteilt, und sie durften auch keine Farben mehr kaufen.

Das Einzige, was sie noch »künstlerisch« gestalten durften, waren Tarnanstriche für Industrieanlagen. Sie wurden so an den Rand ihrer Existenz gedrückt und der Lächerlichkeit preisgegeben. Maler wie Kirchner, Klee, Schlemmer, Beckmann, Baumeister und Nay gehörten dazu.

Auch Wilhelm Geyer, der Malerfreund der Familie Scholl, galt als »entarteter« Künstler. Die Arbeit an seinen wunderbaren lichtdurchfluteten Kirchenfenstern musste er einstellen. Bilder, die er im Ulmer Museum ausgestellt hatte, wurden entfernt.

Alle, die nicht der dumpfen »Blut und Boden«-Regel folgten, nicht muskulöse Soldatenhelden auf dem Schlachtfeld malten, litten unter der Diffamierungskampagne.

Auch fast alle Kunstwerke der ausländischen Maler wurden aus den Galerien verbannt: Kokoschka, Kandinsky, Picasso, Chagall, Feininger.

Ein bestimmtes Bild von Vincent van Gogh machte Hitler sogar rasend. Als er es sah, musste es sofort entfernt werden, weil ihn die Augen des Selbstporträts so seltsam anstarrten. So landeten viele der Kunstwerke in dieser »berühmten« Ausstellung in München.

»Entartete Kunst« – stand in großen Lettern über dem Eingang, auf einem Plakat die Worte: »Gequälte Leinwand – Krankhafte Phantasien – Geisteskranke Nichtskönner«.

Eng an eng, lieblos ohne Rahmen und schief an die Wand genagelt mit Worten wie »Negerkunst« betitelt, wurden sie den Besuchern in verhöhnender Weise dargestellt. Viele Künstler gingen an der Missachtung zugrunde: Ernst Barlach, Ludwig Kirchner, Anita Rée, um nur wenige zu nennen.

Was mit den Bücherverbrennungen 1933 begann, zog immer weitere Kreise; auch die Musik wurde gleichgeschaltet.

»Negermusik« wurde aus den Radioanstalten verbannt. Die Musik sollte rein und klar sein, die deutschen Tugenden vermitteln und nicht »niedrige animalische Instinkte« fördern.

Sophie tanzte gern und wild. Sie ließ sich vom Rhythmus der Musik leiten. Bevorzugt hörte sie dabei die »verbotenen« Schellackplatten ihrer Freundin Anneliese.

Sophie wandte sich immer mehr von dem vorgeschriebenen Lesestoff der Schule ab. Sie entdeckte den »anderen« Rilke – den, der nicht nur aus dem »Cornet« bestand. Sie lieh sich Bücher von ihrem großen Bruder aus, las Stefan George, Thomas Mann, Werner Bergengruen, Stefan Zweig und Paul Claudel.

Sophie spürte wohl den Untergang jeglicher Freiheit in der Kunst und fuhr nach München, um die Bilder ihrer geliebten Maler noch einmal zu sehen, bevor diese vernichtet oder im Ausland verhökert wurden.

Immer mehr konnte sie ihren Bruder Hans verstehen. Auch er zog sich Schritt für Schritt in eine andere Welt zurück. Seine Vorstellungen vom edlen Ritter, der für das Gute kämpft, hatte Risse bekommen. Zu sehr fühlte er sich eingeengt und bevormundet.

Der einzelne Mensch hatte an Bedeutung verloren, er wurde rücksichtslos zwischen den Räderwerken zermalmt. Jedes »Querstehen«, jedes Nachhaken, jedes Zögern galt als Verrat. Gleichschritt beim Marschieren, Gleichschritt beim Denken.

Hans konnte so nicht leben. Er brauchte Luft zum Atmen. Dieses »bisschen« Luft fand Hans bei der bündischen Jugendorganisation »d. j.1.11.« Diese »Deutsche Jungenschaft« erhielt diese Bezeichnung, weil sie am 01. 11. 1929 gegründet geworden war.

Sie hatte einen ähnlichen Strukturaufbau wie später die Hitlerjugend, war aber in sehr vielen Dingen nicht mit ihr zu vergleichen. Neben Fahne und Lagerfeuer war doch eine Bewegung hin zur Weltoffenheit zu erkennen.

Die Liebe zur Kunst, zur modernen Literatur wurde groß geschrieben, und das bezog sich nicht nur auf die deutsche Kunst. Auf der Balalaika hörte man vor allem russische, aber auch skandinavische und französische Klänge.

Nach dem Vorbild der Lappen führten die Jugendlichen stets ihre Kohte mit, ein schwarzes rundes Zelt, in dem man ein Feuer machen konnte. Der Rauch zog über ein spezielles Loch in der Zeltspitze ab ins Freie.

Dieses Anderssein, das war schon eher die Welt von Hans Scholl. Er scharte eine kleine verschworene Mannschaft um sich.

Sie schmückten die Wimpel des Jungvolks mit eigens entworfenen Symbolen, schrieben selbst Gedichte und Lieder.

Diese Rituale waren den Machthabern aber viel zu fremdländisch und würden das deutsche Lebensgefühl verletzen. Neben der Hitlerjugend gab es keinen Platz für weltfremde Träumer, es gab nur rücksichtsloses Einordnen.

Schon bald wurde alles verboten, was mit der d.j.1.11. in Verbindung gebracht werden konnte: Die Kohte, die speziellen Uniformen, die Lieder und die Instrumente, die Bücher und die Zeitschriften.

1937 wurden nicht nur alle Museen und Galerien »gesäubert«, auch diesen bündischen Umtrieben musste ein Riegel vorgeschoben werden.

So war es auch nicht weiter verwunderlich, dass an einem frühen Novembermorgen die Gestapo bei der Familie Scholl vor der Tür stand. Zwei Männer wollten die Wohnung durchsuchen und gegebenenfalls die Kinder festnehmen.

Die Mutter reagierte sofort. Unter einem Vorwand schlich sie sich die Treppen hoch zum Dachgeschoss. Dort hatten die Jungs ihre Zimmer, und dort waren auch immer die Treffen abgehalten worden. Lina Scholl packte alles, was ihr verdächtig schien, in einen Korb – alle Zeitschriften und Bücher des d.j.1.11. Die Bücher hatten einen grau-roten Einband und waren gut zu erkennen. Aber das Verstecken half nichts. Im Mädchenzimmer fanden die Männer bereits genug Beweismaterial. Unter dem massiven Protest der Eltern wurden die Kinder mitgenommen und ins Gefängnis gesperrt. Nur Sophie durfte wieder nach Hause, die Gestapo hatte sie irrtümlich für einen Jungen gehalten.

Werner und die ältere Inge, von denen sie sich einige Informationen erhofften, mussten den ganzen Tag in Einzelzellen ausharren.

Am Abend wurden die beiden aufgefordert, auf die Ladefläche eines offenen Lastwagens zu steigen, auf der schon andere festgenommene junge Männer saßen.

Alle hatten nur das an, was sie bei der Verhaftung getragen hatten. Die Fahrt ging über die gerade fertiggestellte Autobahn über die Schwäbische Alb nach Stuttgart.

Unterwegs begann es zu schneien. Der eisige Fahrtwind fegte über die Ladefläche, und man rückte hinter dem Führerhaus so gut es ging zusammen.

In Stuttgart kamen die Verdächtigen für acht Tage ins Gefängnis. Werner hatte während dieser Zeit Geburtstag. Er wurde vierzehn Jahre alt. Zum Feiern war ihm nicht zumute. Schließlich, nach endlosen Verhören, ließ man alle frei.

Vor dem Gefängnis stand Lina Scholl. Sie hatte von der Freilassung erfahren, hatte warme Kleidung und etwas zu essen mitgebracht.

Hans Scholl war im Vorfeld verhaftet worden und musste noch fünf Wochen im Stuttgarter Gefängnis verbringen.

Das Ganze hatte sich natürlich schon in Ulm herumgesprochen. Sophie wurde in der Schule dauernd danach ausgefragt.

Anstatt verschämt zu schweigen, erzählte sie freimütig von der ganzen Aktion, schien stolz auf ihre Geschwister zu sein. Sie versuchten wenigstens gegen den Strom zu schwimmen, versuchten, sich nicht einengen zu lassen.

Es begann die Adventszeit, es würde wohl das erste Weihnachten sein, an dem ein Mitglied der Familie nicht dabei sein konnte.

In den Tagen des Wartens auf die Freilassung ihres Bruders waren die Geschwister oft mit ihrem Vater spazieren.

Sie führten ernste Gespräche, während sie am Ufer der Donau entlang gingen. Einmal sagte Robert Scholl zu seiner ältesten Tochter: »Wenn die meinen Kindern etwas antun, gehe ich nach Berlin und knalle ihn nieder.«

Die Feiertage gingen vorüber, und Hans war noch immer im Gefängnis.

Sophie stützte ihre Ellbogen auf der Fensterbank ab. Sie schaute in die Dunkelheit. Sie dachte an Hans. Aber sie dachte auch noch an jemand anderen. Sophie kramte einen zerknitterten Brief aus ihrer Rocktasche. Sie las ihn zum zehnten Mal durch, inzwischen kannte sie jedes Wort. Es war ein Brief von Fritz.

Sie hatte Fritz vor Kurzem bei Anneliese Kammerer kennengelernt. Es war einer dieser allwöchentlichen Treffs, bei denen man zur

Musik des Grammophons ausgelassen tanzte. Auch wenn die ersten Gespräche eher nichtssagend waren und Sophies erste Briefe albern und kindisch schienen, so war dies doch der Beginn einer tiefen Freundschaft.

Sophie zündete eine Kerze an und stellte sie auf die Fensterbank. Den Kontrast zwischen der Kälte draußen, den Regentropfen, die gegen die Scheibe klatschten, und dem warmen Licht der Kerze fand Sophie schön.

Sie war müde und legte sich auf ihr Bett. Auf dem Nachttisch lag ein kleines Päckchen. Es war das Geschenk für Hans.

Sie hatte es nach Stuttgart ins Gefängnis geschickt – eine Woche später kam es zurück. Die Beamten hatten die Annahme verweigert.

Kurz vor Jahresende stand Hans plötzlich vor der Haustür. Er war nach ewig dauernden Befragungen schließlich entlassen worden. Eine Verhandlung seines Falles wurde auf später verschoben. Zeit zum Durchatmen gab es aber nicht.

Inge musste ihr Führungsamt beim BDM abgeben, dennoch fühlte sie sich mit »ihren« Mädchen immer noch verbunden. Zusammen mit Sophie führte sie an einem Heimatabend die Geschichte von König Drosselbart auf. Sophie spielte den König.

Als sie nach der gelungenen Aufführung den Beifall der Mädchen hörte, fand sich Sophie auf einmal für ein paar Augenblicke in der Kindheit wieder. Sie erinnerte sich an den Applaus ihrer Geschwister.

Es war in Forchtenberg, oben bei der Burgruine. Sophie stand vor einer dunklen Grotte und spielte eine Szene aus ihrem Lieblingsbuch, den »Wurzelkindern« nach.

Sie nahm sich ein paar glatte Kieselsteine und wickelte sie in Mohnblätter ein. So entstanden ihre Marienkäfer, die dann schon bald in den Sommer entlassen werden konnten.

Aber das alles schien schon so weit weg zu sein, dieses kleine, beschauliche Dorf war jetzt einer großen Stadt gewichen. Sie hatte das Gefühl, auch in einer anderen Zeit zu leben.

Alles um sie herum war im Aufbau begriffen, überall breitete sich dieser »neue Geist« ungehindert aus. Die Symbole der jetzigen Machthaber prägten das Stadtbild. So war im Zuge der Verehrung für den »Führer« die Olgastraße in den »Adolf-Hitler-Ring« umbenannt worden.

Dafür hatte man den Judenhof mit einer fadenscheinigen Behauptung kurzerhand in den Golschenhof verwandelt. Einige Tage vorher war ein Trupp der Hitlerjugend auf diesem Platz einmarschiert. Sie hatten wieder ihre Lieder gebrüllt, Trommeln geschlagen und Fahnen geschwenkt und so das erste Zeichen gesetzt.

Das Brodeln hinter der Fassade wollte niemand wahrhaben, auch Sophie nicht. Wenn es Ahnung gab von diesem Dunklen, von dieser Gefahr, versuchte sie in eine andere Welt zu fliehen.

Die Gedanken in ihren Tagebüchern wurden zunehmend ernster und tiefer. In einem ihrer Briefe an Fritz erwähnte sie, dass sie inzwischen auch von ihrem Amt als Gruppenführerin abgelöst worden war.

Während eines Rituals, bei dem sie immer beteiligt war, wurde sie ausgeschlossen. Sie blieb zwar immer noch in der Jungmädelgruppe, aber die Zeit als Führerin war für sie vorbei.

Sophie hatte einen heftigen Streit mit der Obergauführerin des BDM und wurde kurzerhand zurückgestuft.

Mit einem Mal hatte Sophie viel mehr Zeit für sich selbst. Sie besuchte oft das Atelier des Malers Kley in Geislingen.

Sie nahm Klavierunterricht, belegte Zeichenkurse und probierte zu Hause die neuen Ölfarben aus, die sie von ihrem Bruder Hans zum Geburtstag bekommen hatte.

Es war auch ihr großer Bruder, der sie auf eine besondere Künstlerin aufmerksam gemacht hatte. Es war die Bildhauerin Renée Sintenis. Sie arbeitete in Berlin, war unter anderem auch mit Rilke und Ringelnatz befreundet. Ihre Erscheinung sorgte selbst im fortschrittlichen Berlin für Aufsehen.

Sie war sehr groß und hager, trug häufig Herrenanzüge und hatte fast denselben Kurzhaarschnitt wie Sophie Scholl.

Ihre Arbeiten wurden in sämtlichen Galerien gezeigt. Die Skulpturen waren voller Bewegung. Tänzer und Sportler gehörten zu ihren Hauptmotiven. Berühmt wurde sie aber mit ihren Darstellungen von Tieren; besonders die Eleganz der Pferde faszinierte sie. 1931 wurde sie als erste Bildhauerin in die »Akademie der Schönen Künste« gewählt. Doch schon 1934 musste sie ihren Platz wieder räumen. Sie zählte, wie so viele, zu den »entarteten« Künstlern.

Sophie liebte die Werke von Sintenis. Wie gern würde sie selbst einmal dreidimensionale Arbeiten schaffen. Sie las die Biografie der Künstlerin voller Begeisterung. Das war ein Weg, den Sophie mit ihrer Kunst gerne beschreiten würde.

Manchmal schien sie darin völlig euphorisch, dann wieder schnell ernüchtert. Das Zeichnen fiel ihr leicht, aber sie war sich auch im Klaren darüber, dass sie noch viel mehr üben musste.

Sophie versuchte jeden Tag zu zeichnen, meist draußen in der Natur, im Illerwald. In ihr Tagebuch schrieb sie: »Wenn man ein Künstler werden will, muss man erst mal ein Mensch werden.«

Während die Welt sich weiterdrehte, während Österreich mit wehenden Fahnen in das Deutsche Reich einverleibt wurde, während aus dem Volksempfänger ständig markige Worte klangen, während das Volk dem »Friedensfürsten« Adolf Hitler zujubelte, zogen immer mehr dunkle Wolken am Himmel auf. Die wollte aber niemand sehen.

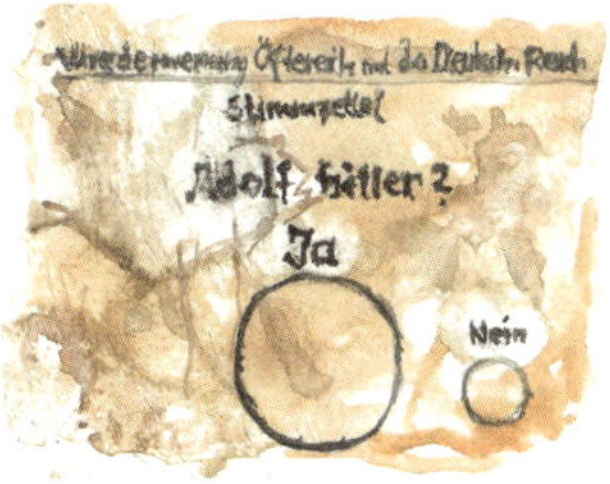

Sophie Scholl flüchtete sich in ihren Wald. »Da sind die Bäume. Sie sind so groß, und ich bin so klein.«

Sie fühlte sich im Schutz der Bäume geborgen, liebte das Geflirr der Sonne und den Wind in den Zweigen.

Im Sommer paddelte Sophie mit Freunden in einem Kanu flussaufwärts die Donau entlang. Sie zelteten, lasen ihre Lieblingsbücher, vergaßen die Zeit und holten sich allesamt den Sonnenbrand.

Die Weite des Flusses aber schien Sophie nicht genug zu sein, sie suchte eine ganz andere Weite – die Weite des Meeres. Sophie hatte schon seit Anfang des Jahres jeden Pfennig für eine Reise an die Nordsee gespart. Kaum, dass die Sommerferien begonnen hatten, ging es auf große Fahrt.

Sie fuhren mit dem Auto. Der Vater von Anneliese Kammerer steuerte den großen schweren Wagen. Sophie saß auf dem Beifahrersitz. Sie war dick eingemummt, denn sie wurde von einer starken Erkältung geplagt.

Hinten auf der Rückbank saßen die Freundinnen Lisa und Anneliese zusammen mit Sophies jüngerem Bruder Werner.

Die Fahrt war lang. Unterwegs hatten sie gleich drei Reifenpannen. Irgendwann erreichten sie schließlich Bremen. Sie wurden von Inge schon erwartet, die dort als Hausmädchen bei einer Familie arbeitete.

Nach drei Tagen Aufenthalt fuhren alle Richtung Nordsee weiter. Inge hatte ein paar Tage frei und quetschte sich zwischen die anderen auf die Rückbank.

Bald schon hatten sie das Meer erreicht. Da war sie wieder, diese unendliche Weite. Sophie rannte als Erste zum Strand und ließ die kalten Wellen ihre Füße umspülen. Das Rauschen der Wogen, der Wind, das war Sophies Musik.

Wenn sie abends nach dem Schwimmen mit nassen Haaren zwischen den Dünen saß, begann sie zu frieren. Deshalb legte sie sich auf den Sand. Es fühlte sich schön an, denn der Sand war noch warm. Sophie hielt einen kleinen vertrockneten Seestern in der Hand.

Die ersten der Himmelssterne kamen heraus. Sophie entdeckte »ihren« Großen Wagen.

Die Zeit am Meer verging wie im Flug. Sie wanderten über das Watt, fuhren früh morgens mit einem Fischkutter über die raue See, wurden alle seekrank und waren schließlich froh, festen Boden unter den Füßen zu haben.

Das Wetter blieb die ganzen Tage über gut. Werner hatte seine Kamera dabei und fotografierte viel.

Endlich war auch mal Zeit, ruhige Gespräche zu führen. Stundenlang saßen Lisa, Anneliese, Inge, Werner und Sophie an ihrem Lagerfeuer am Strand. Sie sangen Lieder, aber es waren andere Lieder als zu Hause bei den wöchentlichen Heimatabenden.

Bevor sie Inge zurück nach Bremen brachten, machten sie noch für ein paar Tage Halt in der kleinen Künstlerkolonie Worpswede.

Sophie sah die wunderbaren Gemälde von Paula Modersohn-Becker. Auf einem der Bilder schien sie sich fast selbst zu entdecken.

Da stand ein Mädchen mit kurzen Haaren. Es hielt eine Katze in den Händen. Das Mädchen hatte sich an eine Birke gelehnt, genau wie Sophie es schon so oft getan hatte. Auf den meisten anderen

Bildern waren ebenfalls Birken zu sehen, immer waren sie in ein besonderes Licht getaucht. Im nahen Park fand Sophie das Grab der Malerin. Sie war erst einunddreißig Jahre alt gewesen, als sie bei der Geburt ihres ersten Kindes starb.

Vor der Abfahrt deckte sich Sophie mit Büchern, Plakaten und Kunstpostkarten ein. Zu Hause wurde jeder freie Platz auf der Tapete mit den neuen Karten verziert. Ganz besonders gut gefiel ihr das Bild »Knabe und Mädchen«.

Die Tage am Meer klangen noch eine Weile in Sophies Kopf nach. Sie vermisste »ihren« Wind und das Geräusch der Brandung. Das Baden in der Iller war eben nicht das Baden im Meer.

Das Jahr '38 schien unbeschwert und leicht zu sein. Die Tage in der Schule waren erträglich, das Lernen bereitete Sophie keine Mühe. Ihre Absetzung als Gruppenführerin gefiel ihr zwar nicht, dennoch erschien sie weiterhin zu ihrem »Dienst« bei den BDM-Treffen.

Das Leben nahm seinen Gang. Das, was Sophie daran nicht gefiel, versuchte sie aus ihren Gedanken zu drängen. Sie schrieb weiterhin Briefe an Fritz, sie erzählte ihm von ihrer kleinen Welt. Es waren Worte, die nur die Oberfläche berührten. Erst allmählich sollte sich das ändern.

Der Sommer ging zu Ende. Es war immer noch heiß. Sophie stand schweißgebadet neben ihrer Schwester Elisabeth. Beide waren auf ihren Fahrrädern von Ulm bis nach Blaubeuren gefahren. Sie packten ihre letzten Butterbrote aus und betrachteten das tiefe Blau der Quelle. Sophie dachte an die »Schöne Lau« und warf lächelnd ihre letzte Brotkrume so weit sie konnte ins Wasser.

Auf dem Weg nach Hause wurde es langsam dunkel. Als sie in Ulm ankamen, war es bereits Nacht. In der Stadt waren keine Lichter zu sehen. Es wurde eine Verdunkelungsübung abgehalten. Ein Polizist verbot ihnen sogar, die Lampen an ihren Fahrrädern einzuschalten. In der Nähe des Bahnhofs quietschten die Bremsen der einfahrenden Züge. Soldaten marschierten in Reihen über den Bahnhofsplatz, als würde morgen ein Krieg beginnen.

Elisabeth und Sophie spazierten durch die Straßen. Sie fanden es aufregend, durch die völlig dunkle Stadt zu laufen.

Der Turm des Münsters ragte wie ein riesiger schwarzer Baumstamm in den sternenklaren Himmel. Sophie stellte sich mitten auf den menschenleeren Münsterplatz und drehte ihren Kopf so, dass die Spitze des Turms direkt auf den Polarstern zeigte. Nicht weit vom Münsterplatz sollten sich bald schreckliche Dinge ereignen.

Es war am frühen Morgen, alles lag noch in der Dunkelheit. Das erste Licht kam nicht von der Sonne, sondern von einem Feuer mitten in der Stadt.

Um vier Uhr morgens brannte die Synagoge. Die Eingangstür war von der SA, deren Mitglieder zur Tarnung in Zivilkleidung angestürmt gekommen waren, mit einem schweren Balken aufgebrochen worden. Zuerst warfen sie die siebenarmigen Leuchter zu Boden und zerstörten die heilige Bundeslade. Mit in Benzin getränkten Lappen und zusätzlich brennender Holzwolle legte der Sturmtrupp der SA gleichzeitig mehrere Brandherde.

Der Volkszorn hatte sich gegen die Juden gerichtet. Endlich hatte man es dem »frechen jüdischen Pack« gezeigt. Im Verlauf des Morgens hatten sich Hunderte von Menschen auf dem Weinhof versammelt, um dem »Spektakel« beizuwohnen. Die männlichen Juden wurden aus ihren Wohnungen gezerrt und mussten mit ansehen, wie ihre Synagoge völlig ausbrannte. Sie trugen meist nur einen Schlafanzug und standen mit nackten Füßen auf dem Pflaster.

Einer der jüdischen Männer wurde von einem besonders eifrigen Bürger mit dem Auto hergefahren. Als er ihn aus dem Wagen stieß, rief er triumphierend: »Hier bringe ich euch noch so einen Synagogenbruder!« Die gerufene Feuerwehr sah tatenlos zu, wie sich das Feuer durch das Gebäude fraß.

Die Masse johlte und zwang die Männer, in den nahegelegenen Christophorus-Brunnen zu steigen.

Das Wasser war wegen der Kälte längst abgelassen worden, und so konnte das Spießrutenlaufen beginnen. Die Menge schlug mit Fäusten und Stöcken auf die Männer ein.

Wenn sie unter den Schlägen zusammengebrochen waren, wurden sie aus dem Brunnen gezogen und von den Polizeibeamten in »Schutzhaft« genommen. Danach wurden die zum Teil Schwerverletzten in das KZ Dachau abtransportiert.

Dort starben zwei der Männer an den Misshandlungen. Während die Synagoge immer noch brannte, zog der Mob weiter in die Innenstadt und plünderte die jüdischen Häuser und Wohnungen.

Die Schaufenster der Geschäfte wurden zerschlagen, die Waren auf der Straße zerstreut. Auf den Gehwegen lagen Tausende von Scherben.

In anderen Städten hatte man ähnliche Verwüstungen angerichtet. So ging diese unheilvolle Nacht mit dem zynischen Namen »Reichskristallnacht« in die Geschichte ein.

In ganz Deutschland wurden in dieser Nacht dreißigtausend jüdische Männer durch die Städte getrieben und mit Fäusten geschlagen. An den verübten Misshandlungen starben fast hundert Männer. Achttausend Geschäfte wurden demoliert, zahlreiche Synagogen in Brand gesteckt.

Als Sophie Scholl am Morgen dieses Tages in die Schule kam, erzählte sie ihren Mitschülerinnen voll Entsetzen vom Rabbiner Julius Cohn.

Die Menschen sollen ihn an seinem Bart gezogen und ihn durch den Brunnen getrieben haben. Der schon ältere Mann musste mit tiefen Fleischwunden, Knochenbrüchen und Hämatomen am ganzen Körper ins Krankenhaus eingeliefert werden. Er starb später im

Londoner Exil, wohl an den Nachwirkungen der erlittenen Verletzungen.

Julius Barth, ein naher Verwandter der jüdischen Familie, die vor den Scholls in der Olgastraße gewohnt hatte, wurde nach Dachau verschleppt. Wenig später starb er dort unter »ungeklärten Umständen«. Er war das erste Todesopfer der nationalsozialistischen Judenverfolgung in Ulm … und er sollte nicht das letzte Opfer sein.

Die Synagoge wurde durch den Brand so sehr zerstört, dass sie vierzehn Tage später abgerissen werden musste.

Das Bedauern darüber hielt sich in Grenzen, wie ein Artikel in der Zeitung belegte.

»Steine des Anstoßes werden aus dem Weg geräumt. Es sind die schmutzigroten Bausteine der Synagoge, mit deren Abbruch heute begonnen wird … mit uns freut sich ganz Ulm, daß der Wunsch der gesamten Bevölkerung so rasch und in vollem Umfang in Erfüllung geht. Aus verständlichen Gründen richtete sich der Volkszorn bei der in dieser Woche notwendigen Judenabrechnung gegen die Synagoge, diesen abstoßenden Bau aus einer anderen Welt, dessen Anblick jedermann genauso anekelte, wie die Hakennasen der ›Gerechten‹, die über seine Schwellen gingen. Es war einmal ein verunstalteter Weinhof – so wird man einst sagen. Die Baugesinnung des Dritten Reiches wird diesem Platz wieder ein neues Gesicht geben, würdig seiner reichen Geschichte.«

Obwohl sich Sophie Scholl in der Schule so darüber empört hatte, erwähnte sie dieses Geschehen weder in ihren Briefen noch in ihrem Tagebuch.

Die nächsten Tage kehrte wieder etwas Ruhe ein. Sophie ging weiterhin zu den Heimatabenden des BDM. Es wurden wie immer Lieder gesungen, dumpfe Parolen gebrüllt und – wie immer – auf die Fahne geschworen.

Die Nächte wurden langsam kalt, wieder lag ein sternenklarer Nachthimmel über der Stadt. Wie winzige Splitter aus Kristall glänzten die Sterne herunter, so schön und so friedlich.

Die Erde drehte sich weiter. Die wenigsten Menschen sahen die drohende Gefahr.

Der erste Schnee fiel und bedeckte die höheren Lagen rund um die Stadt.

Das Jahr 1939 hatte begonnen. Sophie schaffte die Versetzung in die letzte Klasse des Gymnasiums, obwohl sie meist unbeteiligt in der hinteren Reihe saß.

Gleich nach dem Unterricht schnallte sie ihre Skier an und raste im Schneetreiben stundenlang die Hügel hinunter.

In den Osterferien ging es in die »richtigen« Berge. Sophie fuhr zusammen mit ihrer Schwester Elisabeth ins Allgäu.

Fritz Hartnagel kam ein paar Tage später nach. Tagsüber fuhren die drei über die Pisten, um abends müde und erschöpft in der überheizten Stube zu sitzen. Bei leiser Ziehharmonikamusik tanzten Sophie und Fritz eng umschlungen durch den dichten Qualm der Zigaretten. Alles andere um sie herum schien zu verschwinden.

Zurück in Ulm sehnte sich Sophie nach diesen schönen Stunden. Die Wirklichkeit aber war groß und mächtig.

Am 20. April stand das Deutsche Reich völlig auf dem Kopf. Der »Führer« wurde fünfzig Jahre alt. Der Reichsminister für Volksaufklärung und Propaganda, Joseph Goebbels, brüllte ins Mikrofon: »Der Führer wird vom Volk gefeiert, wie sonst nie ein sterblicher Mensch gefeiert worden ist.«

Die Menschen hingen gebannt am Volksempfänger. Vom kleinsten Dorf bis zur größten Stadt zog sich der Jubelzug. Aufmärsche, Paraden, Fahnenhissen, flammende Reden, Gebete und Glockengeläut.

Hitler spielte an »seinem« Tag den großen Feldherrn. Mit ausgestrecktem Arm stand er in Berlin und ließ sämtliche Waffengattungen über fünf Stunden an sich vorbeiziehen. Einen Monat vorher war die Tschechoslowakei überfallen und kurzerhand in das »Protektorat Böhmen und Mähren« umgewandelt worden. Der Staat wurde so zu einer Kolonie von Großdeutschland.

Das war erst der Anfang. Noch sahen die anderen Mächte tatenlos zu. Sie ahnten nicht, dass der Krieg gegen Polen bereits vorbereitet wurde.

An ihrem achtzehnten Geburtstag lag Sophie krank im Bett. So hatte sie alle Zeit der Welt, ihre Geschenke auszupacken.

Ein paar Tage später war sie wieder wohlauf und wanderte mit den Kindern der Arztfamilie Nägele über die Schwäbische Alb.

Die Familie war seit Langem mit den Scholls befreundet. Hans-Peter Nägele wusste um die Zeichenkünste Sophies und bat sie, ein Buch zu illustrieren. Er hatte nämlich vor Kurzem einen Text von James M. Barrie vom Englischen ins Deutsche übersetzt: »Peter Pan und Wendy«. Sophie Scholl war sofort begeistert. Aufmerksam las sie das Buch durch, es war die verkürzte Fassung von May Byron. Sie tauchte in das Nimmerland von Peter Pan ein.

Sie sah vor ihrem geistigen Auge schon »Glöckchen« durch die Luft schwirren, sah das Segelschiff von Kapitän Hook im Hafen liegen. James M. Barrie kam aus Schottland. Er wurde, genau wie sie, am 9. Mai geboren, das war allerdings schon im Jahre 1860. Der Gedanke daran beflügelte Sophie beim Zeichnen der Bilder.

Während sie sich an den ersten Entwürfen versuchte, war sie ganz im Nimmerland und es fiel ihr jedes Mal schwer, sich daraus zu befreien. Um sie herum war kein Nimmerland, hier wurden die Kinder schnell erwachsen. Es gab keine Zeit für Träume.

An Pfingsten wanderte Sophie mit Freunden wieder über die Hügel ihrer geliebten Alb. Als ein Gewitter über sie hinwegzog, stand sie mit offenen Armen auf einer Wiese und ließ sich nass regnen.

Bald wurde das Wetter besser, der Sommer kündigte sich an. Fritz besuchte Sophie an diesen Tagen so oft sein Dienst es erlaubte. Er borgte sich dann den noblen Wagen, Marke Wanderer, seines Vaters aus. Damit fuhren Fritz, Hans, Werner und Sophie im Juni zum Bodensee.

Sie genossen das herrliche Wetter. Ein warmer Wind trieb die Wolken über das strahlend blaue Wasser. Die Möwen flanierten auf der Kaimauer entlang. Die fernen Berge der Schweiz lagen im Dunst.

Auf dem Rückweg übernahm Sophie das Steuer des schweren Wagens. Sie fuhr den ganzen Weg zurück bis nach Ulm. Die engen Straßen in den Städten bereiteten ihr noch ein wenig Schwierigkeiten, aber schließlich kamen alle gesund zu Hause an. Das »Zuhause« sollte bald ein anderes sein.

Ende Juni zogen die Scholls aus dem Adolf-Hitler-Ring 139 in ein großes Jugendstilhaus direkt am Münsterplatz um.

Die neue Adresse lautete nun Münsterplatz 33. Die alte war dem Vater Robert Scholl schon seit zwei Jahren ein Dorn im Auge.

»Ich kann den Briefkopf einfach nicht mehr sehen.«

Die Familie Scholl zog in den vierten Stock des eleganten Hauses. Von dort aus hatten sie freien Blick auf große Teile des Münsterplatzes. Genauso wie in ihrer alten Wohnung führte direkt unter ihnen die Straßenbahn entlang, aber dieser Teil der Stadt war erheblich mondäner.

Die besten Geschäfte reihten sich aneinander. Parkähnliche Abschnitte lockerten den riesigen Platz auf. Alleen zogen sich zwischen den Häuserzeilen hin. Wie Spielzeug wirkten die gelben Wagen der

Straßenbahn, wenn sie vor dem imposanten Wartehäuschen Station machten. Die Menschen stiegen aus und ein, tagsüber herrschte ein ständiges Treiben.

Sophie wohnte zusammen mit Inge in einem Zimmer. Gemeinsam bestellten sie einen sündhaft teuren Sessel der Firma Behr.

Mannshohe Bücherregale reihten sich an den Wänden entlang, und Sophie erhielt einen großen Zeichentisch, auf dem sie sich mit ihren Peter Pan-Illustrationen ausbreiten konnte. Einige Zeit später wurde ein Blüthner Flügel geliefert. Die Scholls hatten es geschafft, sie waren in der noblen Ulmer Gesellschaft angekommen.

In den Sommerferien wollte Sophie mit Fritz nach Jugoslawien fahren, aber es dauerte viel zu lange, bis Sophie einen Pass ausgestellt bekam.

Reisen ins Ausland wurden auf Grund der kritischen Lage nicht gern gesehen. So scheiterte der Plan und sie mussten umdisponieren.

Ende Juli stiegen sie im Ulmer Bahnhof in den Zug. Die Fahrt ging Richtung Norden. Wenn schon nicht Adria, dann wenigstens die Ostsee. Am Stuttgarter Bahnhof wartete Sophies Freundin Lisa Remppis. Nach der langen Fahrt erreichten die drei endlich das Meer. Sie liefen über den Strand bei Heiligenhafen. Einzelne verträumte Villen tauchten zwischen den dunklen Strandkiefern auf.

Lisa, Sophie und Fritz schlenderten auf dem langen Holzsteg hinaus. Als sie sich zur Küste umdrehten, leuchtete die berühmte weiße Stadt im Abendlicht. Die Sonne ging langsam unter, als Sophie mit Fritz im Strandkorb saß. Sie hatten sich in eine warme Decke gehüllt und warteten auf die Sterne. Aber das Geräusch der Brandung ließ beide schnell einschlafen.

Wenige Tage danach reisten sie weiter und liefen bei herrlichem Nordseewind den Sylter Strand entlang. Sophie lag ausgestreckt in den Dünen und betrachtete die schnell dahintreibenden Wolken.

Eine der Wolken sah so aus, wie sich Sophie das Nimmerland von Peter Pan vorstellte. Auch die Insel Sylt, alles um sie herum, alles war wie Nimmerland.

Am liebsten würde sie für immer hierbleiben. Doch so schön es hier war, Sophie sehnte sich doch irgendwann nach Hause zurück.

Auf dem Heimweg machten sie, wie schon im Vorjahr, Halt in Worpswede. Wieder stand Sophie vor den Bildern von Paula Modersohn-Becker und ließ sich von der Magie gefangen nehmen.

Fritz wurde plötzlich zu seiner Einheit abkommandiert. Lisa und Sophie wollten noch ein paar Tage bleiben, doch dann reisten sie überstürzt ab.

Ein Gast der Jugendherberge hatte auf dem Nachttisch Sophies »verbotene« Bücher entdeckt und hatte der Wirtin angeraten, unbedingt die Partei davon in Kenntnis zu setzen.

Zurück in Ulm, trauerte Sophie der unbeschwerten Zeit nach. Eine angespannte Stimmung lag über dem Land.

Was die Bevölkerung lange Zeit nicht wahrhaben wollte, geschah am 1. September 1939. Das Ulmer Tagblatt titelte stolz: »Danzig ist heimgekehrt! Gewalt gegen Polens Gewalt!« Hitler stellte damals in Berlin die Behauptung auf, polnische Soldaten hätten die Grenze überschritten und das Feuer auf deutsche Soldaten eröffnet.

»Seit 5.45 Uhr wird jetzt zurückgeschossen! Und von jetzt ab wird Bombe mit Bombe vergolten!«

Drei Tage später erklärten die Verbündeten Polens Deutschland den Krieg.

Am gleichen Tag starb auch der erste Soldat aus Ulm. Sofort verbreitete sich die Nachricht in der Stadt. Nur laut aussprechen durfte man das nicht. Der Ulmer Polizeipräsident nannte diejenigen, die solche Gerüchte streuten, üble Volksverräter. Erst zwei Wochen später durfte die Todesanzeige im Ulmer Tagblatt abgedruckt werden.

Hans Scholl war noch nicht zu den Soldaten eingezogen worden. Er verbrachte die Semesterferien zu Hause in Ulm. Sophie und Hans zeichneten Aquarelle von den alten Fachwerkhäusern rund um den Münsterplatz.

Die abendlichen Gespräche wurden ernster, tiefer. Sie erahnten die Tragödie, die da vor sich ging. Die Wirklichkeit aber war tausendfach schlimmer. Polen wurde praktisch »ausradiert«, Kinder, Frauen und Männer wahllos erschossen.

Bis Ende des Jahres 1939 waren sechzigtausend Lehrer, Priester und Ärzte ermordet worden.

Die jüdische Bevölkerung gab es kaum noch, die wenigen Überlebenden pferchte man in Ghettos. Wenig später entstanden in Ulm die ersten Barackenlager.

Die ersten polnischen Zwangsarbeiter wurden in Zügen herangeschafft. Sie mussten ein »P« auf ihrer Kleidung tragen. Anfang 1940 hatte sich ihre Zahl auf über fünfhunderttausend erhöht.

Ganz Deutschland befand sich im Kriegsrausch. Dieser »Blitzkrieg« war eine »saubere« Sache. Was mit den Menschen wirklich geschah, wollte niemand so genau wissen.

Mitten in Ulm, auf dem Charlottenplatz, wurde ein naturgetreues Modell des größten Geschützes aus dem Ersten Weltkrieg, die »Dicke

Berta«, ausgestellt. Ehrfürchtig bestaunte die Bevölkerung das eiserne Monstrum. Die Hitlerjugend der Marine baute aus Sperrholz ein ganzes U-Boot nach. Das stand dann auf dem Marktplatz wie ein zu groß geratenes Spielzeug.

Die Hitlerjungen posierten lachend davor, fühlten sich wie die Herrscher der Meere.

Im Örlinger Tal wurde der sogenannte »Adolf-Hitler-Flachs« angepflanzt. Davon versprach man sich reichere Ernte.

Vor dem Schwörhof wurden fünfhundert kinderreiche Mütter mit dem Ehrenkreuz gewürdigt. Ihre einzige Pflicht war es, das Blut rein zu erhalten.

Die Kinder sollten in der Lehre des Führers erzogen werden, denn dies sei die Lehre des Lebens und so gelange man zur Erkenntnis der »Gesetze des Allmächtigen«.

Auf dem Münsterplatz wurden große Schautafeln aufgestellt. Das Land Polen sollte der Bevölkerung nahe gebracht werden, die Größenverhältnisse, die Grenze, die Bodenschätze und die Industrie. Daneben hingen Fotos von jubelnden Volksdeutschen, die jetzt endlich von der »polnischen Knechtschaft« befreit waren.

Wer sich nicht von dieser Begeisterung anstecken ließ, den konnte man nicht gebrauchen. Wer nicht im Gleichschritt der Ideologie folgen wollte oder konnte, wurde am Wegrand liegen gelassen. Menschenverachtende Plakate hingen an den Litfaßsäulen. Da war ein älterer Mann in einem Rollstuhl zu sehen. Darunter war zu lesen:

»Sechzigtausend Reichsmark kostet dieser Erbkranke auf Lebenszeit. Volksgenosse, das ist auch dein Geld«.

Im Amtsdeutsch wurden sie als »Defektmenschen« oder »Ballastexistenzen« bezeichnet.

In den meisten Köpfen schien die Wirklichkeit des Krieges noch nicht angekommen zu sein. Manche Menschen hielten ihn immer noch für ein großes Abenteuer. In Sophies Gedankenwelt bekam die Abscheu davor mehr und mehr Raum. Sie saß an ihrem Maltisch und versuchte, die Illustrationen von Peter Pan zu Ende zu bringen.

Seltsam unbeteiligt spitzte sie den Bleistift, um ihn gleich wieder wegzulegen. Alles hatte sich verändert, alles schien sinnentleert.

Fritz Hartnagel war im Schwarzwald, in der Nähe von Calw, stationiert. Nichts deutete hier auf baldige Kämpfe hin.

Die Soldaten waren aber durch ihre Nachrichtenabteilungen gut über die Kriegssituation informiert.

In einem Brief an Sophie schrieb er: »… wir warten nun stündlich, dass es auch hier bei uns zum Knallen kommt. Wenn wir's auch nicht hoffen wollen, so freuen wir uns natürlich insgeheim darauf.«

Sophie antwortete sofort: »Nun werdet ihr ja genug zu tun haben. Ich kann es nicht begreifen, dass nun dauernd Menschenleben in Gefahr gebracht werden von anderen Menschen. Ich kann es nie begreifen und finde es entsetzlich. Sag nicht, es ist fürs Vaterland.«

Das nächste Mal schrieb sie: »Neulich träumte ich, ich sei in einer Gefängniszelle, gefangen über den ganzen Krieg. Ich hatte einen dicken eisernen Ring um den Hals, das war das Unangenehmste an dem Traum.«

Aber selbst im Krieg, oder vielleicht gerade deshalb, zog sich die Familie um die Adventszeit in ihr Idyll zurück. Es war das erste Weihnachten in der neuen schönen Wohnung. Ein riesiger Adventskranz mit roten Kerzen hing in der Diele. Die ganze Familie sang Weihnachtslieder.

Werner hatte inzwischen Geige spielen gelernt. Er steuerte »O, du fröhliche, o du selige« für das Hauskonzert bei.

Er war so versessen auf die neu gekauften Honigkerzen, er liebte nicht nur ihren Duft, sondern auch den Geschmack. Sophie musste die restlichen Kerzen sogar vor ihm in Sicherheit bringen, da er schon einige angeknabbert hatte.

Werner war oft ein richtiger Kindskopf, manchmal aber schien er ein Junge mit viel Weitblick zu sein.

So schlich er sich in der Nacht vor dem »Heldengedenktag« zum Justizgebäude in der Olgastraße. Dort verband er die Augen der Justitiafigur mit einer Hakenkreuzflagge.

Sophie beobachtete ihn, wie er gerade ganz liebevoll seine Geige in den Koffer legte. Dann nahm sie eine der geretteten Kerzen und packte sie vorsichtig zu ein paar Äpfeln, einer Tafel Schokolade und einem Kranz. Das Päckchen sollte Fritz erreichen. Er hatte keinen Heimaturlaub bekommen.

»Ich habe immer leise Zweifel, ob dich die Sachen überhaupt erreichen. Ich warte jeden Tag auf Post von dir …

Ich hoffe, daß nicht ein ernster Grund hinter deinem Schweigen steckt. Solange ich nichts von dir habe, denke ich abends immer an unseren Spaziergang auf dem schmalen Uferweg der Donau. Seither haben wir fast jede Nacht einen sichtbaren Mond. Erinnerst du dich noch, wie der Mond mit den Wolken focht? Heute ist er rund und verschwommen, mit einem riesigen Hof, dessen äußerer Rand alle Regenbogenfarben besitzt – aber ich habe lieber wieder einen Brief von Dir in den Händen! Kannst du das nicht machen? Schönen Advent! Sofie«

Der Winter war bitterkalt. Mit ihrem großen Bruder Hans ging Sophie zur Iller. Die beiden testeten die Festigkeit des Eises. Sie überquerten vorsichtig, Schritt für Schritt, den Fluss. Im Alter von zehn Jahren war Hans durch das dünne Eis des Kochers gebrochen; nur der beherzte Einsatz eines jungen Mannes rettete ihm damals das Leben. Endlich drüben angekommen, entdeckten sie Rehspuren in der Dämmerung und folgten ihnen durch den Wald. Diese Ruhe und Abgeschiedenheit tat beiden gut, kein Ton der lärmenden Welt war zu hören, nur das Knirschen der Schritte auf dem gefrorenen Schnee.

In den Schulzimmern konnte man es nur mit dicken Pullovern und Mützen aushalten. Es wurde an Heizmaterial gespart, es war schließlich Krieg. Der Unterricht betrug deshalb nur zwei Stunden am Tag, man sprach von den »Kohleferien«.

Sophie stand zwar kurz vor dem Abitur, aber sie schwänzte lieber die Schule und fuhr mit Elisabeth auf die verschneite Alb. Mitte März waren die mündlichen Prüfungen für das Abitur. Wenig später fanden die Abschlussfeiern statt.

Sophie saß zwischen ihren Mitschülerinnen wie ein Fremdkörper. Ihre Gedanken waren bei Fritz. Vor ein paar Tagen hatte sie erneut einen Auftrag von Hans-Peter Nägele bekommen. Sie sollte ein paar Illustrationen zu der Erzählung »Ein Nachmittag« von Georg Heym anfertigen.

Der Dichter war schon im frühen Alter ums Leben gekommen, als er versuchte, seinen Freund, der beim Schlittschuhlaufen auf der Havel durch das Eis gebrochen war, zu retten.

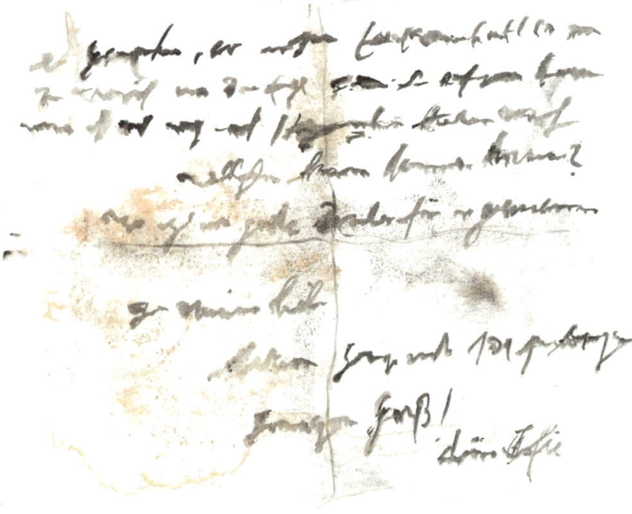

Beim Lesen seiner Gedichte stieß Sophie auf eine wunderbare Stelle, und dabei kam ihr die Idee, Fritz zur Erinnerung an die schönen Tage in den Alpen ein Geschenk zu machen.

»Pass auf, in das Papierchen habe ich 3 Wünsche für dich … solche, die in Erfüllung gehen!«

Es waren drei Wimpern von ihr, die sie sorgsam in ein gefaltetes Papier gelegt hatte. Das Gedicht lautete: »Deine Wimpern, die langen, / Deiner Augen dunkele Wasser, / Laß mich tauchen darein, / Laß mich zur Tiefe gehn.«

Sophie hatte ihr Abitur mit »befriedigend« bestanden. Sie habe »den Unterricht meist mit innerer Teilnahme verfolgt«, hieß es lapidar.

Sophie wollte Biologie und Philosophie studieren und sich gleich für das Sommersemester einschreiben lassen. Voraussetzung für die Studienzulassung war allerdings der Nachweis einer Pflichtzeit beim Reichsarbeitsdienst. Um dem zu entgehen, meldete sie sich im Söflinger Fröbel-Seminar an. Die einjährige Ausbildung als Kindergärtnerin würde als Ersatz gelten.

Bevor Sophie ihren Dienst antrat, war sie noch mit ihrer Freundin Lisa zwei Tage unterwegs. Die beiden fuhren mit dem Rad nach Zwiefalten.

In Obermarchtal gingen sie nach dem Abendessen in einem Waldstück spazieren. Als sie an die Donau kamen, sahen sie in der Dämmerung zwei Sterne. Mit der Zeit trauten sich alle Sterne heraus. Lisa und Sophie suchten sich ihre Lieblingssternbilder zusammen. Die Donau breitete sich an dieser Stelle zu einem kleinen See aus. Im ruhigen Wasser spiegelte sich das untergehende Sternbild des »Orion«. Der Wald um den See war schwarz und undurchdringbar, darüber leuchteten Tausende von Sternen. Sophie fühlte sich an die schwarzen Bäume des alten Friedhofs erinnert.

Auf dem Heimweg brannte die Frühlingssonne auf die beiden Radfahrer herunter.

Nach etlichen Kilometern hielten sie erst einmal Mittagsschlaf auf dem weichen Boden eines jungen Laubwäldchens.

Nachdem sie sich in Ehingen mit Kaffee und Eis gestärkt hatten, entdeckten sie mitten in der Donau eine kleine Insel. Als die Sonne schon tief stand, sammelte Sophie noch ein paar Veilchen. In einem leeren Schneckenhaus transportierte sie die kleinen Blumen nach Hause. Sophie Scholl hatte sich wieder in der Natur Kraft geholt.

Fünf Tage später fielen deutsche Truppen in Dänemark und Norwegen ein.

Sophie schrieb in einem Brief an ihren Freund: »Manchmal graut mir vor dem Krieg, und alle Hoffnung will mir vergehen. Ich mag gar nicht daran denken, aber es gibt bald nichts anderes mehr als Politik, und solange sie so verworren ist und böse, ist es feige, sich von ihr abzuwenden.«

Anfang April begann Sophie Scholl ihre Ausbildung in Söflingen. Auch in diesen Einrichtungen versuchte sich die menschenverachtende Ideologie der Nationalsozialisten auszuweiten.

Montessori-, Waldorf- und Fröbel-Kindergärten standen unter Beobachtung. Individuelle Förderung war nicht erwünscht. Die Kinderseelen sollten gleich von Anfang an in richtige Bahnen gelenkt werden.

Die Soldaten- und Mutterrolle war schon in den Kinderbüchern klar vorgegeben: »… das kleine Gretchen sitzt zu Hause und umsorgt liebevoll ihre Puppenkinder, während das kleine Hänschen sich nach draußen schleicht, um mit einem Stein nach einem Spatz zu werfen, um ihn zu töten.«

Die Leiterin des Seminars, Emma Kretschmer, versuchte sich gegen diesen Einfluss zu stemmen, aber es schien zwecklos.

Es war unmöglich, sich den vielen Vorschriften und Ritualen zu entziehen. Dazu gehörte auch das verordnete Anhören sämtlicher Hitlerreden im Radio.

Während die meisten der jungen Frauen des Seminars andächtig den Worten lauschten, saß Sophie demonstrativ abseits und las lieber ein »verbotenes Buch«. Die Leiterin ließ sie stillschweigend gewähren.

Als Sophie Scholl nach dem theoretischen Unterricht ein vierwöchiges Praktikum in einem anderen Ulmer Kindergarten absolvieren musste, war es mit diesen Freiheiten vorbei. Ein Bild Hitlers hing an der Wand. In einem der Liederbücher entdeckte sie folgenden Text: »Als Gott, der Herr, die Welt erschafft, hat er die Rassen sich erdacht. Indianer, Neger und Chinesen – und Juden als die bösen Wesen«.

Die kleinen Jungs wollten etwas aus dem großen Matadorkasten bauen. Der Pappkarton war bis oben hin angefüllt mit ausgestanzten Blechteilen, mit Muttern, Schrauben, Drähten und Zahnrädern. Sophie sah sich die Bauanleitung durch, überall nur Panzer, Raketen und Kanonen. Die Augen der Kinder glänzten.

Auf der letzten Seite fand Sophie zum Glück noch ein Feuerwehrauto. »Wir wollen etwas Nützliches bauen«. Eine halbe Stunde später stand das silbern glänzende Gefährt auf dem Boden des Spielzimmers. Die Kinder schoben es vorsichtig weiter, um im Nachbarzimmer den »Brand« zu löschen. Mit der langen Leiter konnte man sogar kleine Holzfiguren vor dem Feuer retten.

Am 9. Mai wurde Sophie Scholl neunzehn Jahre alt. Fritz Hartnagel war überraschend gekommen. Er hielt einen Strauß mit Narzissen in den Händen. Am selben Abend stand Sophie am Bahnhof und winkte ihrem Freund zum Abschied. Langsam verschwanden die roten Lichter des letzten Waggons in der Kurve.

Am 10. Mai marschierten die Soldaten in Holland ein. Der Westfeldzug hatte begonnen. Rotterdam wurde bombardiert, die Truppen zogen weiter, überschritten die französische Grenze.

Sophie saß vor ihren verblühenden Narzissen. Auf dem Schreibtisch lagen die fertigen Illustrationen zu Peter Pan. Hans-Peter Nägele war eingezogen worden, Sophies großer Bruder war in Frankreich als Meldefahrer stationiert.

Die Briefe, die Sophie an ihren Freund Fritz schrieb, wurden mitten ins Kriegsgebiet geliefert. Was für ein Kontrast!

Es waren Worte aus einer heilen Welt, und sie erreichten eine Welt der Zerstörung und Grausamkeit.

»Noch was Nettes muss ich dir erzählen: In der Brombeerhecke im Garten hat ein Vögelchen genistet und brütet über 4 gelbweißen Eilein. Ich bin froh, daß die Hecke recht stachlig ist, denn sonst würden's die Lehrbuben vom Schreiner daneben doch nicht in Ruhe lassen.«

Sophie kümmerte sich seit dem Einzug in die neue Wohnung rührend um die kleinen Nachbarskinder. Der Jüngere der beiden, sein Name war Klaus, hing besonders an Sophie.

»Klaus ist arg anhänglich geworden und heult herzzerbrechend, wenn er mit dem Kindermädchen statt mit mir ada muß. Gestern abend kam er weinend im Schlafanzügle rauf und sagte: Mutti net da is. Und wie ich ihn wieder ins Bettle gelegt hatte, sagte er zufrieden: Gell, Du viel dableibe.«

Sophie wollte die Narzissen nicht wegwerfen, eine der Blüten presste sie zwischen zwei Buchseiten, um sie zu trocknen.

Am Ende des Briefes schrieb sie: »Denke manchmal an mich, aber träume nicht von mir. Ich bin in Gedanken viel bei dir mit guten Wünschen und Liebe. Deine Sofie.«

Die deutschen Soldaten standen kurz vor Paris. Im nächsten Brief an Fritz schrieb sie: »Es ist nicht leicht, alle Gedanken an den Krieg zu verbannen.

Wenn ich auch nicht viel von Politik verstehe, ... habe ich doch ein bißchen das Gefühl, was Recht und Unrecht ist, denn dies hat ja mit Politik und Nationalität nichts zu tun. Und ich könnte heulen, wie gemein die Menschen auch in der großen Politik sind, wie sie ihren Bruder verraten um eines Vorteils willen. Könnte da einem nicht manchmal der Mut vergehen? Oft wünsche ich mir nichts, als auf einer Robinson-Crusoe-Insel zu leben. Manchmal bin ich versucht, die Menschheit als eine Hautkrankheit der Erde zu betrachten.«

Paris wurde erobert. Die deutschen Soldaten marschierten im Stechschritt die Champs-Élysées hinunter.

Die »Schande von Versailles« ... endlich ausgelöscht.

Der Münsterplatz in Ulm war festlich geschmückt. Die mächtigen Glocken der Kirche hallten durch die ganze Stadt. Alle Kinder bekamen schulfrei. Hitler wurde als »der größte Feldherr aller Zeiten« gefeiert.

Die Briefe, die Sophies Bruder Hans aus Frankreich schrieb, klangen wie ein großes Abenteuer: »Als Meldefahrer sieht man nicht viel. Die Fahrt durch Luxemburg war sehr schön. Wir haben uns alle gefreut, als wir dieses schöne Land sahen. Gute Straßen, saubere Häuser, schöne Menschen.

Auch Belgien machte einen sehr guten Eindruck auf mich. Aber hier ist schon Etliches zerstört, die Straßen waren aufgerissen und voller Flüchtlinge ...

Unsere Leute sind der Meinung, daß der Krieg im August zu Ende sein wird ... Die Sonne scheint unentwegt. Mein Hund wurde immer frecher. Gestern haben wir uns ein neues Pferd eingefangen. Wir haben jetzt drei Reitpferde im Stall stehen. Im Garten blühen viele Rosen ... Vorgestern bin ich in Südfrankreich gewesen. In der Biscaya habe ich wunderbar gebadet ... Wiederum bin ich in Paris gewesen ... Es ist unglaublich, wie mich das Pariser Leben anregt ... Täglich spiele ich fast vier Stunden Tennis. In der übrigen Zeit lese ich französische Gedichte.«

Nur ab und an wurde der Ton etwas nachdenklicher. Er schrieb über seine Arbeit im Lazarett.

»... Täglich durchschnittlich zwanzig Operationen. Heute vormittag zwei hohe Beinamputationen ... Der Krieg wirft uns weit zurück. Man glaubt es nicht, wie lächerlich der Mensch geworden ist. Wir verlassen den Operationssaal, drinnen stirbt einer, und wir rauchen eine Zigarette.«

Sophie Scholl war froh, dass es ihrem Bruder gut ging, außer einer gebrochenen Rippe und einer gequetschten Niere, die er sich bei einem Autounfall zugezogen hatte, war er wohlauf.

Seine Euphorie konnte Sophie nicht teilen. Im Gegensatz zu Hans und Inge, die fast schon mystisch einen Sinn im Krieg suchten, und am Ende ein Licht, eine Erfüllung sehen wollten, wirkte Sophie sachlicher und abgeklärter. Sie sah keinen Sinn im Krieg, auch keine Läuterung. Ihre Briefe an Fritz wurden mit der Zeit immer melancholischer.

»Ich wünsche Dir sehr, daß du diese Zeit überstehst, ohne ihr Geschöpf zu werden ... Die Masse ist so überwältigend, und man muss schon schlecht sein, um überhaupt am Leben zu bleiben. Wahrscheinlich hat es nur ein Mensch fertig gebracht, den Weg zu Gott zu gehen. Aber wer sucht den heute noch?«

In ihrer freien Zeit ging Sophie – wie schon so oft – zur Iller. Nicht um zu baden, obwohl es Hochsommer war, sondern nur um Ruhe zu finden. Stundenlang saß sie am Ufer und schaute in die Wellen. Wieder war es ein Rückzug in diese scheinbar unberührte, unbefleckte Welt. Immer wieder beschrieb sie die Schönheit der Natur, sie spürte die lauwarmen Sommerregentropfen auf der Haut, fand Gefallen am kleinsten Käfer, der über ihre Hand lief, und passte auf, dass ihm nichts geschah.

Sie freute sich am Wind, der ihr durch das Haar wehte, beobachtete die Reise der Wolken am Himmel: »Wie gut, dass Wald und Wiese und Wolken immer gleich bleiben im Gegensatz zu uns Menschen … Und selbst, wenn man meint, alles müßte untergehen, so steht am nächsten Abend doch wieder der Mond am Himmel.«

All diese Schönheit sah sie und war traurig, dass sich der Mensch inmitten dieser ganzen Schöpfung so unmenschlich aufführte.

Am 21. Juli kündigten Lautsprecher die Ankunft von drei Kompanien eines Infanterie-Regimentes an. Viele Ulmer strömten am frühen Morgen zum Bahnhof, um die aus dem Feld Heimgekehrten zu bejubeln. Die Glocken des Münsters wurden geläutet.

Zu Ehren der Verwundeten wurde ein bunter Nachmittag in der Friedrichsau veranstaltet. Noch schien der Krieg ein Spiel zu sein, aber das sollte sich schon bald ändern.

Anfang August 1940 begann Sophie ein Praktikum in einem Kindersanatorium in Bad Dürrheim im Schwarzwald. Die meisten Kinder wurden dort wegen Asthma behandelt. Es war ein harter Dienst von morgens sieben Uhr bis abends um Zehn. In ihrer knappen Freizeit flüchtete sie sich mit ihren Büchern in den Wald. »Nach kurzer Zeit kam ein Eichhörnchen langsam und vorsichtig heran … Ich war ganz bewegungslos, und so fand es den Mut, an mir hochzu-klettern. Als es eben an meinem bloßen Hals angelangt war, fuhr es plötzlich zur Erde und an der nächsten Tanne hoch. Leider ließ es sich nicht mehr blicken.«

Auf dem Weg zurück dachte sie an den kleinen Hund, von dem Hans geschrieben hatte. Es war ein Bernhardiner, drei Monate alt. Hans hatte versprochen, Sophie den Hund zu schenken. Wie schön es wäre, den Hund schon jetzt bei sich zu haben. Aber der Leiter des Sanatoriums, ein strenger Major, würde es sowieso nicht erlauben.

Die Wochen schienen nicht zu vergehen. Die Arbeit mit den Kindern war schön, aber anstrengend. Der Schlager von Zarah Leander: »Kann denn Liebe Sünde sein?« lief im Radio rauf und runter.

Wenn einer der großen Jungs wieder mal Faxen machte und kurz davor stand, von Sophie einen Rüffel zu bekommen, sah er sie nur grinsend an und sang: »Kann denn Liebe Sünde sein?«

Abends saß Sophie völlig erschöpft und ausgelaugt in ihrem trübseligen Zimmer. Vor dem Einschlafen las sie sogar die Kitschromane ihrer Zimmergenossin. Zu etwas anderem konnte sie sich nicht aufraffen.

Mitte September war Sophie Scholl wieder in Ulm und drückte im Fröbel-Seminar die Schulbank.

Auf den versprochenen Hund hatte sie sich zu früh gefreut. In einem seiner Briefe bedauerte Hans, dass der Kleine eingeschläfert werden musste, da er sehr krank war.

Das Jahr ging schnell vorüber. Deutschland schien sich an den Kriegszustand gewöhnt zu haben, alles ging seinen Gang.

Die Siegesmeldungen übertünchten das Leid, das überall angerichtet wurde. Nachdem Frankreich kapituliert hatte, versuchte man England in die Knie zu zwingen.

Bevor die Invasion beginnen konnte, sollten die wichtigsten Industrie- und Hafenstädte bombardiert werden.

Eines der vielen Ziele war die Industriestadt Coventry. Unter dem Decknamen »Mondscheinsonate« wurde die Stadt praktisch »ausradiert«.

Danach sprach Goebbels von »coventrieren«, wenn es darum ging, den Gegner mit der Zerstörung von Städten zu zermürben.

Sophie saß in ihrem Zimmer und schaute aus dem Fenster. Schnee fiel und bedeckte die Dächer. Der Rauch aus den Kaminen trieb über den Münsterplatz. Es war kurz vor Weihnachten. Sophie legte vorsichtig ein paar Dinge in ein Päckchen. Es sollte Fritz noch rechtzeitig vor den Feiertagen erreichen. »Die Kerzchen musst du ein bißchen gerade biegen … Sie werden bald heruntergebrannt sein. Hoffentlich sind es keine trüben Gedanken, die Dir bei ihrem Schein kommen.«

Kurz nach Weihnachten starteten einhundertdreißig Bomber einen Großangriff auf London. In der Nacht warfen sie dreißigtausend Brandbomben auf die Stadt. Viele hundert Menschen kamen ums Leben. Weil die Wasserleitungen zerstört waren, mussten die Feuerwehrleute ohnmächtig mit ansehen, wie große Teile der Stadt niederbrannten.

Anfang des Jahres 1941 versprach Hitler der deutschen Bevölkerung einen baldigen Sieg über England.

Die Menschen sahen darin bereits das Ende des Krieges, aber sie sollten sich täuschen.

Da der Widerstand Englands nicht gebrochen werden konnte, suchte Hitler einen anderen Weg der Entscheidung.

Eigentlich war das Deutsche Reich seit 1939 mit der Sowjetunion verbündet, aber das war nur eine Hinhaltetaktik gewesen, um ohne Schwierigkeiten in Polen einfallen zu können.

Jetzt galt es, den »jüdischen Imperialismus« in einem Vernichtungskrieg endgültig auszuschalten.

Die Vorbereitungen für einen Feldzug gegen die Sowjetunion liefen an.

Diese Pläne wurden vorerst geheim gehalten, um die Menschen in Sicherheit zu wiegen.

Da schaute man sich lieber im Kino den Film »Jud Süß« an. Da war das Feindbild klar, und jeder wusste, wem man die ganze Schuld geben konnte.

In Amsterdam wehrte sich die holländische Bevölkerung gegen die immer mehr zunehmende Gewalt, welcher die Juden ausgesetzt waren. Man rief zu Protestaktionen auf. Die Straßenbahnen fuhren nicht mehr, und die meisten Geschäfte blieben geschlossen. Die SS ging sofort mit brutaler Gewalt gegen die Menschenansammlungen vor. Zwanzig Demonstranten wurden getötet.

Sophie, die durch ihren Freund Fritz davon erfuhr, bewunderte den Mut dieser Holländer. Mit dem Kampf gegen das Unrecht hatten sie ein Signal gesetzt. In der scheinbaren Sinnlosigkeit steckte ein Aufbegehren gegen das übermächtige Böse.

Deutschland befand sich weiter im Kriegsrausch. Überfälle auf Jugoslawien und Griechenland wurden geplant.

Anfang März legte Sophie Scholl die Prüfung zur Kindergärtnerin erfolgreich ab. Zwei Wochen später übernahm sie eine Stelle in einem Ulmer Säuglingsheim.

Ein Jahr war es her, dass Sophie ihr Abitur bestanden hatte. Jetzt wollte sie endlich studieren.

Aber diese Hoffnung zerschlug sich bald. Ihre Zeit im Fröbel-Seminar wurde nicht als Ersatz für den Reichsarbeitsdienst angerechnet.

Um studieren zu können, verlangten die Universitäten den RAD-Nachweis. Damit war der angestrebte Studienplatz in München also erst einmal in weite Ferne gerückt. Es hieß, sich in Geduld zu üben. München würde ja nicht davonlaufen.

Am Morgen des 6. April saß Sophie im Zug Richtung Sigmaringen. Der Dampf der Lokomotive zog durch das offene Fenster herein. Sophie musste an den kleinen Winfried denken.

Vor ein paar Tagen war sie hier auf dem Bahnsteig gestanden und hatte auf ihn gewartet. Als sie den Jungen begrüßte, standen ihm Tränen in den Augen. Winfried war acht Jahre alt und kam aus Essen. Sophies Mutter hatte angeboten, den Jungen aufzunehmen.

Seit der Bombardierung Londons hatte die Royal Air Force damit begonnen, deutsche Städte anzugreifen. Das erste Ziel war Köln. Fünfundzwanzig Menschen kamen dabei ums Leben.

Das war erst der Anfang. Die großen Industriestätten im Norden und Westen schienen am meisten gefährdet. Man begann mit der sogenannten »Kinderlandverschickung«.

Die Kinder aus dem Ruhrgebiet wurden in »bombensichere« Gebiete im Süden Deutschlands evakuiert.

So gingen Hunderttausende Kinder, meist ohne Mutter, unfreiwillig auf Reisen in eine vielleicht ruhigere, aber unbekannte Umgebung.

Der kleine Winfried war schon ein paar Wochen bei den Scholls untergebracht und hatte sich in seinem neuen Zuhause eingelebt.

Mit einem leichten Ruck setzte sich der Zug in Bewegung. Das Schlagen der Räder auf den Schienen klang immer schneller bis der Rhythmus gleichmäßig und eintönig wurde.

Die Fahrt ging nach Krauchenwies. Dort, mitten in einem Park, befand sich ein etwas heruntergekommenes Schloss.

Hier würde Sophie Scholl die nächsten sechs Monate ihren Arbeitsdienst ableisten müssen. Genau wie ihr Bruder Werner – kaum hatte er das Abitur bestanden, wurde auch er zum Arbeitsdienst eingezogen. Er war im nahen Biberach stationiert.

Abends lag Sophie in einem Zimmer, das sie sich mit zehn jungen Frauen teilen musste. In allen Räumen herrschte eine eisige Kälte, und Sophie konnte erst einschlafen, als sie sich in mehrere Decken eingehüllt hatte. Sie war froh, wenigstens in einem der oberen Stockbetten zu schlafen, denn sie hatte einige Mäuse über den Boden huschen sehen.

Der unruhige Schlaf dauerte nur kurz an. Morgens um 6 Uhr war die Nacht zu Ende. Da mussten dann achtzig »Arbeitsmaiden«, wie es hieß, zum Frühsport antreten.

Danach wurde die Fahne gehisst. Man salutierte in Arbeitsdienstuniform, die auch in der Freizeit getragen werden musste. Nach der abendlichen kalten Dusche verkroch sich Sophie meist unter die Bettdecke. Sie hatte dort ihre Bibel, ein Buch von Augustinus und eines von Thomas Mann versteckt.

Zum Lesen kam sie in den ersten Nächten vor lauter Müdigkeit allerdings nicht.

Die Leiterin des Lagers riet ihr, die Bücher lieber in ihrem Spind aufzubewahren. Damit könnte sie großen Ärger vermeiden. Besonders die Bibel war hier nicht gern gesehen.

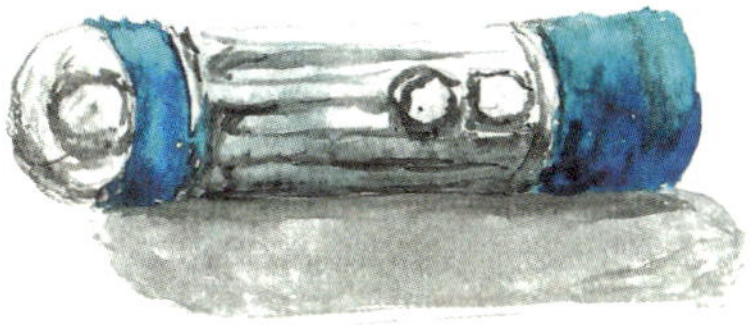

Sophie las deshalb nur abends, wenn die anderen schon schliefen. In ihren Briefen, die sie nach Hause schrieb, bat sie des Öfteren um Batterien für ihre kleine Taschenlampe. Sie las immer wieder die Evangelien, die Geschichten über den Tod Jesu. Das gab ihr Kraft. Ihre Suche nach Gott beschäftigte Sophie immer mehr.

Sie erinnerte sich plötzlich an den kleinen Dieter. Er wohnte mit seinen Eltern im Haus am Münsterplatz. Eines Tages begleitete er sie bis ganz oben auf den Dachboden. Sie musste dort im Trockenraum die Wäsche aufhängen. Ein heftiges Gewitter zog herauf, die Blitze züngelten über den dunklen Himmel, und der Donner hallte laut zwischen den Häuserwänden. Angstvoll klammerte sich der Kleine an ihr fest.

Sie versuchte, ihn zu beruhigen, indem sie ihm versicherte, dass nichts passieren könne, weil das Haus ja einen Blitzableiter habe. Der Junge blieb skeptisch. »Aber wie findet der Blitz denn den Blitzableiter?« wollte er wissen. »Ja, das macht der liebe Gott« sagte sie dann und strich ihm über den Kopf, »er kennt alle Blitzableiter, er schickt den Blitz schon richtig.« Der kleine Junge lächelte zufrieden.

Im Lager ging das Leben seinen gewohnten Gang. Die Arbeit auf dem Feld war schwer und ungewohnt. Sophie bekam Schwielen an den Händen und fiel abends oft völlig erschöpft ins Bett.

Bald wurden ihr aber einige Vergünstigungen eingeräumt. Sie durfte ab und zu im Büro der Lagerleitung arbeiten. Unter anderem sollte sie eine Landkarte von Griechenland zeichnen.

Diese Karte wurde dann aufgehängt und mit vielen Hakenkreuzfähnchen versehen. Damit konnte man die deutschen Truppenbewegungen markieren.

Bald schon hatte Griechenland kapituliert, was bei den jungen Frauen im Lager mit Begeisterung aufgenommen wurde.

Sophie war jetzt öfter alleine unterwegs. Sie durfte als Einzige das Lager ohne Aufsicht verlassen. Sie fuhr mit dem Fahrrad die zehn Kilometer nach Sigmaringen, um dort Papier und Karton zu kaufen. Sie genoss diese Fahrt fern jeder Aufsicht. Sophie suchte das Alleinsein. Der verwilderte Park rund um das Schloss bot ihr den Platz zum Rückzug.

Hier fand Sophie ihre Ruhe und ihren Trost. Im Licht der Abendsonne schlenderte sie über die sanften Hügel und lehnte sich gegen die alten Bäume. Ein Bach führte zu einem See, der mit Schilf umstanden war.

Sie schrieb ihrem Bruder Hans: »Es ist so trostlos hier – wenn man nicht hin und wieder auskneifen könnte, wäre es sogar nervtötend. Ich sitze hier im Park und würde mich am liebsten ein Jahr mit dem Himmel unterhalten. Dieser Park ist mir ein gewisser Trost. Ich hoffe, daß ich ihn dir bald einmal zeigen kann. Übrigens freue ich mich immer mehr aufs Studieren und bin froh, daß ich schon ein Sechstel meiner Zeit hinter mir habe.«

Am 9. Mai in der Früh hörte Sophie am Telefon die Stimme ihrer Mutter. Sie gratulierte zum zwanzigsten Geburtstag. Sophie überkam starkes Heimweh, weil sie wusste, dass der erste »Reisesonntag« erst nach zwei Monaten Lageraufenthalt erlaubt wurde.

Zwei Tage später fuhr Sophie mit dem Zug in den Ulmer Bahnhof ein. Ein Lächeln zog über ihr Gesicht. Sophie hatte überraschend Urlaub bekommen und eilte schnellen Schrittes in Richtung Münsterplatz.

Sie hatte das Gefühl, seit ewig langer Zeit nicht mehr in Ulm gewesen zu sein.

Die Mutter hatte schnell noch Sophies Lieblingskuchen gebacken, zwanzig kleine Kerzen gefunden, und so konnte die Familie den Geburtstag sogar ein wenig nachfeiern.

Wieder in Krauchenwies, begann für Sophie der Außendienst.

Jeden Tag fuhr sie in ein acht Kilometer entferntes Dorf und arbeitete dort auf einem Bauernhof – Unkraut jäten, den Stall ausmisten und die Kühe auf die Weide treiben. Mit der Zeit nun bekam Sophie »... muskulöse Oberarme und braune Haut wie eine Magd«.

Sophie lernte im Außendienst einen französischen Fremdarbeiter kennen. Er war eigentlich in einem Rüstungsbetrieb zur Zwangsarbeit eingeteilt worden, musste aber des Öfteren auf dem Bauerhof aushelfen.

Er und Sophie sägten und spalteten den ganzen Tag Holz. Etwas stockend kamen die beiden ins Gespräch, aber sie fühlten sofort, dass ihre Ansichten über den Krieg dicht beieinander lagen.

Wenig später kündigte Sophies Schwester Inge ihren Besuch in Krauchenwies an.

Inge kam nicht allein, sie kam mit Otl Aicher. Der junge Mann war ein gemeinsamer Freund, der seit einiger Zeit fast schon zur Familie gehörte.

Otl Aicher war ein »freier Geist«. Er hatte sehr unter der Ideologie des Regimes zu leiden. In der Wohnung am Münsterplatz wurde viel diskutiert. Obwohl die verschiedensten Ansichten oft aufeinander prallten, fand man letztendlich meist einen Konsens. Otl Aicher war überzeugter Katholik, seine Thesen schienen radikal. Er versorgte die Scholls stets mit Büchern, die ihnen in vieler Hinsicht zu denken gaben. Die Texte rückten den Glauben als Mittel im Kampf gegen das Unrecht in den Vordergrund. Besonders Inge war von der Geradlinigkeit und Unbeugsamkeit des jungen Mannes aus Söflingen angetan.

Ein heißer Sommertag neigte sich zu Ende. Sophie hatte bis zum Nachtappell ein paar Stunden frei.

Inge, Otl und Sophie saßen gemeinsam auf der Terrasse eines kleinen Lokals. Sie aßen, tranken, unterhielten sich angeregt. Bevor Sophie wieder zurück musste, spazierten die drei noch durch den verwilderten Park.

Langsam ging der Mond zwischen den Bäumen auf, ein warmer Abendwind wehte über die Felder und das Gras. Das Schilf am Ufer des Sees schien zu flüstern.

Am nächsten Morgen war Sonntag und das Lagerleben schien ein wenig gelockert. Sophie wurde von ihrem Besuch zu einem Frühstück eingeladen. Es war der 22. Juni 1941. Plötzlich hörten sie im Radio eine laute Stimme. Voller Stolz verkündete sie, dass nun der größte Aufmarsch, den die Welt bis dahin gesehen hätte, begonnen hat. Deutschland hatte der Sowjetunion den Krieg erklärt.

Als sich Inge und Otl nach einem langen Waldspaziergang von Sophie verabschiedeten, blieb sie in einer seltsam aufgewühlten Stimmung zurück.

Ein heftiger Wind fuhr durch die Kronen der Bäume, der Mond verschwand hinter den Wolken, das Schilf flüsterte nicht mehr; es war eher ein unheilvolles Knistern.

Am nächsten Morgen holte der Alltag Sophie wieder zurück. Sie stand einen kurzen Moment vor ihrem geöffneten Spind und betrachtete die Fotos auf der Innenseite der Tür. Es waren Fotos ihrer Geschwister und ein Bild, das Otl Aicher vom Münsterturm aus fotografiert hatte. Sophie wäre gestern am liebsten wieder mit nach Ulm gefahren. Sie schloss die Spindtür, die anderen warteten schon, hatten sich im Kreis um den Fahnenmast gestellt.

An den folgenden Tagen überschlugen sich die Nachrichten. Die Volksempfänger waren auf volle Lautstärke gestellt.

Drei Millionen deutsche Soldaten hatten inzwischen die Grenze überschritten.

Der Lärm der sechshunderttausend Kraftfahrzeuge, das Rattern der Panzerketten und das Donnern der Kanonen dröhnten über die karge Steppenlandschaft. Die Städte Minsk, Smolensk und Kiew wurden schnell überrannt.

Hitler tönte, dass die gesamte Sowjetunion innerhalb von vier Monaten erobert sein würde. Moskau und Leningrad sollten binnen Kurzem dem Erdboden gleichgemacht werden.

Sophies Freund Fritz kämpfte an dieser Front, die Briefe kamen seltener, die Postverbindung schien unterbrochen zu sein. Sophies Bruder Werner war aus dem Biberacher Arbeitslager in die französische Hafenstadt Brest abkommandiert worden. Hans und Otl befanden sich noch in Wartestellung. Keiner wusste, wohin es sie letztendlich verschlagen würde.

Sophie fühlte, wie sich die Schlinge des Krieges immer mehr um ihre Familie legte.

Im Arbeitsdienstlager fand Sophie endlich etwas Anschluss.

Gisela Schertling, eine junge Frau aus Thüringen, wurde ihre Freundin. Beide verbrachten ihre spärliche Freizeit zusammen und sonderten sich von den anderen Mädchen ab. Bei einem ihrer Spaziergänge entdeckten sie die Orgel in der nahen St. Laurentius-Kirche. Heimlich fragten sie den Pfarrer, ob sie den Schlüssel bekommen könnten, denn Kirchenbesuche waren von der Lagerleitung streng verboten. Allmählich verstanden sie die Funktionen der Orgel, und irgendwann wagten sich Gisela und Sophie sogar an vierhändige Stücke von Händel und Bach. Die beiden besuchten häufig diesen Ort der Ruhe, fernab der lauten Rituale im Lager.

Es war mitten im August, die Nächte waren mild. Sophie lief langsam durch den Park. Sie musste zurück in den stickigen Schlafraum. Noch ein letzter Blick hinauf in den Himmel.

Sie sah eine Sternschnuppe, dann noch eine. Sophie legte sich ins Gras. Immer mehr Leuchtspuren kreuzten den Himmel. Es war der Perseidenschauer, im Volksmund auch als die Tränen des Laurentius bekannt.

Sophie dachte an ihre »Orgelkirche«, aber auch an eine andere Geschichte. Früher hatte man sich erzählt, dass bei dem Verglühen einer Sternschnuppe ein Mensch sterben müsse. Obwohl Sophie das als Aberglauben abtat, musste sie auf dem Weg zurück ins Lager die ganze Zeit daran denken.

Jeden Tag war es aus dem Radio zu hören … nur noch wenige Wochen und dann wäre der Feind niedergerungen. Die deutsche Wehrmacht könne durch nichts und niemanden aufgehalten werden.

Sophie wusste, dass dies nur pure Propaganda war. Inzwischen hatten sie einige Briefe von Fritz erreicht.

Da klang alles ein wenig anders. Der Vormarsch sei ins Stocken geraten. Der Weg nach Moskau wäre noch unvorstellbar weit, und die Soldaten fürchteten den nahenden Winter.

In den ersten Kriegsmonaten waren schon achthundertdreißigtausend deutsche Soldaten gefallen, verwundet oder vermisst.

Die Zeitungen waren angefüllt mit Todesanzeigen. Selbstverständlich waren sie alle den Heldentod gestorben und hatten dem Bolschewismus mutig die Stirn geboten.

»Der Schmerz beim Eintreffen der Todesnachricht war stark und man fühlte sich plötzlich ganz allein. Aber auf einmal stieg das stolze Bewußtsein in allen auf, daß der tapfere Soldat nicht tot, sondern auferstanden ist im ewigen Volk.«

In der Heimat wurde verstärkt zu Blutspenden aufgerufen, natürlich nur von gesunden und unbescholtenen Personen, wie es in einem Nachsatz hieß.

Großsammlungen von Wintersachen für die Frontsoldaten wie Handschuhe, Puls- und Leibwärmer, Pullover, Decken, Ohrenschützer, Socken und Schals wurden gestartet.

Auch Skier zur schnelleren Fortbewegung und jede Menge Bücher, Zeitschriften, Schallplatten und Grammophonapparate zur Zerstreuung der Soldaten erreichten waggonweise die Front.

Ein Heimpferdelazarett für die verwundeten Pferde wurde eingerichtet. Eintausendzweihundert Pferde mussten verarztet werden; aus ihren Körpern wurden Granatsplitter entfernt.

Einige der Pferde bekamen ihr Gnadenbrot auf landwirtschaftlichen Betrieben, aber viele der Tiere waren von den Strapazen des Krieges so geschwächt, dass sie getötet werden mussten.

Der Krieg hatte mit seiner bitteren Wahrheit Einzug gehalten, bis in das letzte kleine Dorf.

Bei den zahlreichen Ansprachen, die der »Führer« an das deutsche Volk hielt, wurde ein ganz anderes Bild vermittelt: »Ich spreche das hier und heute aus, … daß dieser Gegner bereits gebrochen ist und sich nie wieder erheben wird.«

Immer wieder hörte man bei den feierlichen Kundgebungen die gleichen Parolen: »Der Führer ist der Trommler, der sein Volk wachgerüttelt hat, er ist der größte Staatsmann und Feldherr aller Zeiten.«

Dabei ließ dieser »Trommler« sein Volk sehenden Auges ins Verderben laufen.

In Wirklichkeit kamen die deutschen Truppen nämlich nur schleppend und unter großen Verlusten voran. Die russischen Truppen waren zwar stark geschwächt, aber noch lang nicht besiegt. Die Entscheidungsschlacht würde wohl im Winter stattfinden. Dieser Winter sollte einer der kältesten des ganzen Jahrhunderts werden.

Sophie war wieder in Ulm. Sie hatte zwei Wochen Sonderurlaub bekommen und war froh, endlich wieder zu Hause zu sein. Das Abendlicht lag über der Stadt, die letzten Sonnenstrahlen zogen langsam über den glänzenden Parkettboden. Sophies Mutter saß am Küchentisch. Sie versuchte, mit ihren Händen eine Falte im Tischtuch glatt zu streichen. Lina Scholl war im Frühjahr sechzig Jahre alt geworden. Das Leben hatte an ihr gezerrt und es schien, als wäre ihre Kraft allmählich aufgebraucht. Sie hatte ihre Augen geschlossen, langsam sank ihr Kopf nach unten.

Sophie berührte sanft die Hände ihrer Mutter. Ein Lächeln zog über den blassen, schmalen Mund. Der Tag war anstrengend gewesen, gemeinsam hatten sie aber die viele Hausarbeit geschafft. Die Mutter brauchte dringend Hilfe, Sophie spürte das.

Als es dunkel geworden war, setzte sich Sophie an den Flügel. Sie öffnete den Deckel und legte vorsichtig ihre Finger auf die Tasten. Ihre Hände fühlten sich rau und rissig an. Die Arbeit auf dem Feld und im Stall hatte ihre Hände sehnig und muskulös werden lassen. Nach der heutigen Hausarbeit waren ihre Finger steif und ungelenk. Sophie spielte ein paar Akkorde, dann klappte sie enttäuscht den Klavierdeckel zu.

Im Wohnzimmer war es still; nur das Ticken der großen Standuhr war zu hören.

Gemeinsam mit ihrem Vater setzte Sophie in den nächsten Tagen ein Gesuch auf. Sie schickten es an die RAD-Zentrale in Stuttgart. Sie wollten eine Freistellung von Sophies Dienst erwirken, um die kranke Mutter zu entlasten.

Zusammen mit einem Gutachten des Hausarztes über den Gesundheitszustand von Lina Scholl wurde das Schreiben nach Stuttgart geschickt.

Die unbeschwerten Tage in Ulm, die Gespräche mit ihrer Mutter, führten Sophie die ganze Unfreiheit des Lagerlebens vor Augen. Diese vielen sinnlos vergeudeten Stunden. Hier in Ulm, da war ihr Platz – an der Seite ihrer kranken Mutter.

Wenig später wurde das Freistellungsgesuch abgelehnt. Bevor Sophie Scholl Ulm wieder verlassen musste, konnte sie wenigstens noch ihren Freund in die Arme schließen. Fritz Hartnagel war von der russischen Front abkommandiert worden. Sieben Monate hatten sich die beiden nicht mehr gesehen. Aber das Glück war nur von kurzer Dauer. Sophie musste ihren Kriegshilfsdienst antreten.

Sie kam nach Blumberg, einem Ort im südlichen Schwarzwald, nur ein paar Kilometer von der Schweizer Grenze entfernt. Dort befand sich einer der vielen Kindergärten der nationalsozialistischen Volkswohlfahrt.

In jedem der Räume hing ein Porträt Hitlers, welches mit Blumen und Kinderzeichnungen geschmückt war. Jeden Morgen begann der Tag mit dem Spruch: »Händchen falten, Köpfchen senken / immer an den Führer denken. / Er gibt euch euer täglich Brot und rettet euch aus aller Not.«

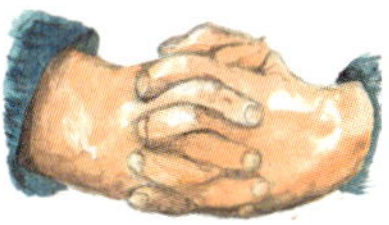

Die Arbeit war hart. Die langen Tage kosteten Sophies ganze Kraft. In den Gesprächen mit ihren Kollegen musste sie vorsichtig sein, musste ihre Worte genau wählen.

Ihre Gesinnung war hier nicht gefragt. Wenn Sophie in ihrer Freizeit durch den kleinen Ort lief, begrüßte sie die Menschen mit »Heil Hitler« … die Worte fühlten sich schal und leer an. Sophies Lächeln wirkte aufgesetzt.

Immer mehr spürte sie die Einsamkeit inmitten all der anderen Menschen.

Die Begeisterung um sie herum, der blinde Führerkult, die Durchhalteparolen, all das ließ Sophie immer mehr verzweifeln. In Blumberg schrieb sie wieder häufiger Tagebuch. Sophie Scholl war auf der Suche.

Es war eine quälende Suche, es war die Suche nach jemandem, der ihr eigentlich nah sein sollte und doch so weit entfernt schien.

»Ich würde so gern an Wunder glauben. Ich würde so gern glauben, daß ich durch das Gebet Kraft bekomme. Allein kann ich nichts.«

Sophie entdeckte eine kleine Kapelle. Das fahle Licht, das durch die bunten Glasfenster fiel, beleuchtete ein Harmonium. Sophie wollte darauf spielen, ließ es aber sein. Die Kirche war leer. Plötzlich kniete sich Sophie auf den Boden und versuchte zu beten. Sie hatte Angst, es würde jemand hereinkommen und sie dort sehen. »Darum wurde mein Gebet auch hastig und ich stand auf, wie ich vorher niedergekniet war. Ich war gar nicht bereit gewesen, ich wollte es erzwingen. Und nun bin ich meistens in einer so alltäglichen Stimmung ohne Verlangen. Bloß habe ich immer so Heimweh.«

Nach dem ständigen Trubel im überfüllten Kindergarten war sie froh, Zeit für sich zu haben. Der Weg von ihrer Arbeitsstelle zu ihrem Schlafplatz im Lager war weit.

Jeden Abend und jeden Morgen genoss sie das Alleinsein zwischen den verschneiten Feldern und Hügeln. Die Welt lag verschlafen in der Dämmerung. Sophies Gedanken flogen in die Ferne.

»Manchmal meine ich, den Weg zu Gott durch meine Sehnsucht allein, durch die ganze Hingabe meiner Seele in einem Augenblick erzwingen zu können. Wenn ich ihn sehr bitte, wenn ich ihn so über alles liebe, wenn mir das Herz so weh tut, weil ich weg bin von ihm, müßte er mich zu sich nehmen … O, es war doch im Grunde immer ein Wollen zu Gott.«

Beim Lesen in der Bibel schien dieser Schmerz ein wenig nachzulassen. In Jeremia las sie: »Denn wenn ihr mich von ganzem Herzen suchen werdet, so will ich mich finden lassen.« Und schließlich Jeremia, Kapitel 31. Sie las die Worte, und diese Worte kamen ihr seltsam vertraut vor.

Als sie klein war, verstand sie die Worte nicht, erst viel später, als sie mit ihrer Familie ihren Geburtsort besuchte. Sie spazierten am Kocher entlang, kamen zur Badestelle, kamen an eine Mauer, standen vor dem Grab, vor dem Grab der kleinen Schwester Thilde.

In den Grabstein waren die Worte eingemeißelt, die sie gerade las: »Ich habe dich je und je geliebt, darum habe ich dich zu mir gezogen aus lauter Liebe.«

Es war bereits dunkel geworden. Ein eisiger Wind wehte über die Felder. Erschöpft lief Sophie nach Hause. Sie dachte nur noch ans Schlafen. Der Winterhimmel war klar. Sophie blieb stehen und sah nach oben.

Die Sterne waren so weit und so unerreichbar. Ihre Schönheit und der kalte Wind ließen Sophies Augen tränen. Das Herz schmerzte nicht mehr so sehr. So war Gott doch näher, als sie die ganze Zeit gedacht hatte.

Ein paar Tage später reiste Sophie wieder nach Ulm. Endlich wieder zu Hause, auch wenn es nur ein kurzes Wochenende war. Sie saß mit ihrem Vater am Frühstückstisch. Er erzählte von dem Besuch seines Freundes Eugen Grimminger. Die beiden kannten sich aus der Zeit, in der Robert Scholl Bürgermeister in Ingersheim war.

Grimminger galt als »jüdisch versippt«, weil er mit einer Jüdin verheiratet war. Er habe erzählt, dass seine Frau Jenny in großer Sorge sei, da ihre Schwester und die vier kleinen Kinder verhaftet worden seien. Sie sollten in ein russisches Lager gebracht werden. Das käme einem Todesurteil gleich. Grimminger sei nicht lange geblieben. Aus lauter Sorge um seine Verwandtschaft sei er gleich wieder zurück nach Stuttgart gefahren.

Das Morden nahm kein Ende. In der Dunkelheit des frühen Morgen am 28. November standen zwanzig Menschen vor dem Ulmer Schwörhaus. Darunter war auch die kleine Suse Barth mit ihren Eltern.

Es war die jüdische Familie, die vor den Scholls in der Wohnung in der Olgastraße gewohnt hatte. Von der Polizei bewacht, mussten alle in einen Omnibus einsteigen, der sie zu einem Sammellager auf dem Stuttgarter Killesberg brachte. Suse Barth hatte ihrer acht Jahre älteren Schwester, die bereits 1938 in die Vereinigten Staaten ausgewandert war, viele Briefe geschrieben. Ein Gedicht enthielt die Zeile: »Wie schön wäre es, wenn ich nach Amerika kommen könnte.«

Suse Barth, ihre Familie, auch die Schwester von Jenny Grimminger, Senta Mayer mit ihren Kindern und viele andere mehr wurden von Sammellagern aus zum Stuttgarter Bahnhof gefahren.

Dort wartete ein Zug der Reichsbahn. Es ging nicht in die Richtung eines rettenden Hafens, der Zug fuhr in das Ghetto von Riga.

Alle diese Menschen wurden ermordet. Ein Jahr später auch Jenny Grimminger. Sie starb im KZ Ravensbrück.

Man ließ es geschehen. Die verwaisten Wohnungen der jüdischen Familien wurden zunächst versiegelt, aber schon bald in gut besuchten Auktionen samt Mobiliar unter den Hammer gebracht.

Sophie traf ihren Freund Fritz in Freiburg. Er erzählte von den Schrecknissen, die er an der Ostfront erlebt hatte, erzählte von den Gräueltaten, die an der russischen Bevölkerung verübt worden waren, erzählte vom Winter, der Hunderttausende das Leben gekostet hatte.

Anfang September war die Rote Armee zur Gegenoffensive angetreten. Die Kämpfe verstärkten sich immer mehr. Im Radio hörte Sophie, dass Hitler den Vereinigten Staaten von Amerika den Krieg erklärt habe. Die ganze Welt stand nun in Flammen. Das Feuer, das die Nationalsozialisten am 1. September 1939 in Polen gelegt hatten, konnte nicht mehr gelöscht werden.

Sophie lief langsam durch das Freiburger Münster. Hier fühlte sie sich geschützt. Das trübe Licht beruhigte ihre Augen. Die bunten Glasfenster schienen zu glühen – es war ein Leuchten wie aus einer anderen Welt. Sophie rang um Hilfe, rang um Verständnis. Warum ließ Gott dies alles geschehen?

Um die Weihnachtszeit war Sophie wieder zu Hause. Sie stand vor dem geschmückten Weihnachtsbaum. Sie berührte die glänzenden Kugeln, auf denen sich alle Lichter des Wohnzimmers spiegelten. Aus der Küche strömte der Duft der frischgebackenen Plätzchen.

Draußen vor dem Fenster wirbelten Schneeflocken. Es schien, als würden sie zu einer leisen Musik tanzen.

Wenig später reiste Sophie wieder aus Freiburg ab. Sie traf sich mit ihren Geschwistern und Freunden auf einer Hütte nahe der Zugspitze. In einer Höhe von fast zweitausend Metern fegte ein Sturm über das Massiv. Hinter den schützenden Mauern wärmte sich die Gruppe an dem glühenden Ofen. Es war schon spät, die Freunde rückten zusammen und sangen Lieder. Sophie spielte auf der Querflöte. Am Silvesterabend lasen alle zusammen Novalis': »Hymnen an die Nacht«.

Novalis war keine dreißig Jahre alt geworden. Er starb an einem Lungenleiden, das er sich wohl bei der Pflege des kranken Schiller zugezogen hatte.

Ein Teil der Dichtung stand unter dem Einfluss eines jungen Mädchens. Ihr Name war Sophie. Sophie von Kühn. Sie war die Verlobte von Novalis gewesen und starb zwei Tage nach ihrem fünfzehnten Geburtstag an Schwindsucht – »… an ihrem Hals weint' ich dem neuen Leben entzückende Tränen. Es war der erste, einzige Traum – und erst seitdem fühl' ich den ewigen, unwandelbaren Glauben an den Himmel der Nacht und sein Licht, die Geliebte.«

Um Mitternacht gingen die Freunde gemeinsam vor die Hütte, um das neue Jahr zu begrüßen.

Ein dichter Nebel verhüllte die Landschaft. Nur das Licht des Mondes lag darüber und ließ alles unwirklich erscheinen. Sophie atmete die klare, eisige Luft tief ein. Was würde das neue Jahr bringen? Hier oben in der Stille der Berge wäre es ein Leichtes gewesen, das Unrecht, das überall geschah, hinwegzuschieben. Aber gerade diese Abgeschiedenheit schärfte die Sinne.

Einige Wochen später schrieb Hans Scholl an seine Schwester Elisabeth: »Je höher wir steigen, desto tiefer die Abgründe und beides, die Höhen und Tiefen des Geistes umspannen unser Menschsein. Wer den Abgrund nicht sieht, fällt hinein; wem aber kein Licht leuchtet, der sucht vergeblich … Das Licht zu finden auf unserem Weg, ist jetzt unsere Aufgabe.«

Sophie fuhr nicht zurück nach Ulm, sondern begleitete ihren Bruder nach München. Dort lernte sie den von Hans sehr geschätzten Professor Carl Muth kennen.

Zurück in Blumberg begann wieder der Alltag. Eine neue Lager führerin machte ihr das Leben schwer. Sophie musste länger arbeiten, sogar am Sonntag. Bald schon zählte sie die Stunden, bis sie all das zurücklassen konnte.

Mitte Februar bekam Sophie Scholl einen Brief ihrer Mutter: »Es fällt mir schwer, dir heute etwas mitteilen zu müssen, was für uns alle sehr schmerzlich ist. Seit Montag stehen wir drei unter Druck. Da kam die Gestapo … und verhaftete Vater.«

Als Sophies Schwester Inge, aus München kommend, vom Ulmer Bahnhof zur Wohnung am Münsterplatz lief, begegnete sie ihrem Vater in der Platzgasse. Sie spürte sofort, dass da irgendetwas nicht stimmte. Ganz dicht hinter ihrem Vater drängte sich ein Beamter der Gestapo. Das Gesicht ihres Vaters wirkte blass und eingefallen.

Er grüßte sie nur kurz mit den Augen, gab zu verstehen, dass sie einfach weiterlaufen solle.

Robert Scholl war denunziert worden. Eine enge Mitarbeiterin hatte ihn an einen Untergauleiter verraten. Ihr »Gewissen« hätte es nicht länger zugelassen, zu schweigen. Sie musste es einfach tun.

Robert Scholl hatte gesagt: »In zwei Jahren ist in Deutschland ein Chaos und die Bolschewisten haben Berlin besetzt … Hitler ist die größte Gottesgeißel …«

Zwar wurde Robert Scholl nach der Vernehmung gleich wieder entlassen, aber der Vorgang war noch lang nicht abgeschlossen. Die Gestapo leitete eine genaue Untersuchung ein.

Inzwischen hatte Sophie auch ihren Frieden mit dem RAD-Lager in Blumberg gemacht. Das lag zum großen Teil an den Kindern, die sie alle in ihr Herz geschlossen hatte. Als der erste Schnee zu schmelzen begann, ging es vereint hinaus in die Natur. Die Kraft der Frühlingssonne ließ wieder Hoffnung durchschimmern. Die Aussicht, nun endlich in München studieren zu können, beflügelte Sophie.

Ende März saß Sophie im Zug Richtung Ulm, diesmal nicht nur mit Handgepäck und schmutziger Wäsche, sondern mit schweren Koffern. Das Kapitel Blumberg war vorbei. Während der Fahrt überfielen sie wieder die Sorgen, die Sorgen um ihren Vater.

Er würde höchstwahrscheinlich nicht einfach so davonkommen, die Gestapo würde keine Ruhe geben. Dann waren da noch die Sorgen um Fritz, der inzwischen wieder an die russische Front abkommandiert worden war. Eigentlich wollte Sophie sich mit ihm noch einmal treffen, aber das hatte sich zerschlagen. Was geschieht mit Bruder Werner, was mit Otl Aicher?

Selbst bei Hans konnte man sich nicht sicher sein, er studierte gerade in München Medizin, aber auch er konnte innerhalb kurzer Zeit an die Front abberufen werden.

Sophie war endlich zu Hause. Das Gefühl, nicht schon bald wieder die Koffer packen zu müssen, war beruhigend und schön. Sie sah aus dem Fenster, sah hinunter auf den Münsterplatz. Direkt vor dem Hauptportal stand ein riesiger Kran. Eine große Menschenmenge wartete hinter der Absperrung auf das, was nun passieren würde.

Fünf Glocken aus dem Geläut des Ulmer Münsters wurden abmontiert und langsam heruntergelassen.

So viele Jahre lang war ihr tiefer Klang zum Lob Gottes erklungen, jetzt wurden sie auf den Ladeflächen der Lastwagen abtransportiert. Sie sollten eingeschmolzen werden, um daraus neue Kanonenrohre formen zu können.

Sophie war wieder in »ihrer« Stadt. Sie ging ihrer Mutter im Haushalt zur Hand oder half ihrem Vater im Büro.

Die Zeit flog vorbei, noch einmal konnte sie ihren Freund Fritz sehen, bevor sein Heimaturlaub endete. Sie trafen sich zunächst in Tübingen und verbrachten dann ein gemeinsames Wochenende in ihrem geliebten Freiburg.

Ein paar Tage später in der Ulmer Wohnung, es war der 8. Mai 1942. Durch die Fenster fiel das letzte Licht der Sonne. Sophies Mutter stand in der Diele und bügelte die Blusen ihrer Tochter: »Ach Mama, ich kann's noch kaum glauben, daß ich morgen mit dem Studium anfangen darf.« Auf dem Boden stand ein offener Koffer. Er war angefüllt mit frischer Wäsche.

In einem Korb lag ein herrlich duftender Kuchen. Sophie konnte nicht widerstehen, beugte sich hinunter, brach ein kleines Stück ab und entdeckte dabei eine Flasche Wein, die ihre Mutter noch dazu gepackt hatte.

Am nächsten Morgen war Sophie schon sehr früh wach. Sie konnte es kaum erwarten. Auf dem Geburtstagstisch stand eine Vase mit gelben Margeriten. Sophie zog eine der Blumen aus dem Wasser, brach den Stiel ab und steckte sie sich ins Haar. Früher hatte sie das immer mit Gänseblümchen gemacht.

Ihre dunkelbraun glänzenden Haare fielen ihr auf die Schultern. Nach den Glückwünschen und den festen Umarmungen öffnete sie mit einem seltsamen Gefühl die Wohnungstür. Auf der Treppe nach unten schlug ihr Herz schneller als sonst.

Sophie lief in Richtung Bahnhof. Die ersten Geschäfte öffneten gerade. Das warme Licht aus den Schaufenstern floss auf die Pflastersteine.

In München wartete bereits Bruder Hans. Er stand auf dem Bahnsteig, und als er Sophie erblickte, winkte er ihr zu.

Abends wurde der Geburtstag Sophies in der Studentenwohnung standesgemäß gefeiert. Es gab den leckeren »Ulmer Kuchen« und

Wein. Der Freundeskreis um den Bruder nahm die Schwester mit offenen Armen auf. Sophie war erst ein paar Stunden in München. Sie hatte noch keine Bleibe und auch keinen Platz an der Universität, aber sie fühlte sich in München schon fast wie zu Hause.

Ende Juni fuhr Sophie zum ersten Mal über das Wochenende nach Ulm. Inzwischen war sie in der Universität gewesen, um sich immatrikulieren zu lassen. Sie hatte sich für die Studienfächer Biologie und Philosophie entschieden.

Ein neuer Lebensabschnitt hatte begonnen. Das Wohnen in einem spartanischen Zimmer, das konzentrierte Studieren in den Büchern, das Kennenlernen der Freunde ihres Bruders.

Das ewige Diskutieren in den verrauchten Zimmern, das Spazierengehen im Englischen Garten, das Genießen der Sonne in den vielen Cafés, das Besuchen der Lesungen und Konzerte.

Dann die Briefe von Fritz, die sie wieder aus dieser Welt herausrissen. Wenn er von der Abschlachtung der Menschen in Russland sprach, von unendlichem Leid. Das Gefühl, endlich etwas »tun« zu müssen, wuchs immer mehr.

Da war dieser Kampf zwischen Herz und Verstand. Da war das Suchen nach Gott, nach Halt in dieser Zeit. »Mein Gott, ich kann nichts anderes als stammeln zu Dir. Nichts anderes kann ich, als Dir mein Herz hinzuhalten … ich bin so schwach … reiß mich mit Gewalt zu Dir … ich bin so tot, so stumpf so oft. Lieber will ich um Schmerzen, Schmerzen, Schmerzen beten, als eine Leere fühlen. Ich möchte mich aufbäumen dagegen. Wende Dich nicht von mir ab, wenn ich Dein Pochen nicht höre, öffne doch mein taubes Herz, gib mir die Unruhe, damit ich hinfinden kann in eine Ruhe, die lebendig ist in Dir. O, ich bin ohnmächtig, nimm mich Deiner an und tue mit mir nach Deinem gutem Willen, ich bitte Dich, ich bitte Dich.«

»Etwas tun« – die Studenten in München versuchten es zumindest. Sie sammelten trockenes Weißbrot, das über Mittelsleute in die Konzentrationslager geschafft wurde, kümmerten sich um die Unterstützung der Angehörigen von KZ-Insassen, weigerten sich für die NS-Winterhilfe zu sammeln, kümmerten sich eher um die Kriegsgefangenen und Fremdarbeiter. Es war ein Widerstand, der im Kleinen wirkte. »Etwas tun« … »seid Täter des Wortes, nicht Hörer allein!«

Der Architekt Manfred Eickemeyer besaß ein abgelegenes Atelier in der Leopoldstraße. Dort befand sich eine Schreibmaschine, ein Vervielfältigungsapparat, Matrizen und jede Menge Papier.

Das Klackern der Schreibmaschine, das Zischen des alten Samowars erfüllte den Raum – Nacht für Nacht.

»Leistet passiven Widerstand – Widerstand – wo immer ihr auch seid, verhindert das Weiterlaufen der atheistischen Kriegsmaschine, ehe es zu spät ist, ehe die letzten Städte ein Trümmerhaufen sind.«

»Jetzt stehen wir vor dem Ende. Jetzt kommt es darauf an, sich gegenseitig wiederzufinden, aufzuklären von Mensch zu Mensch, immer daran zu denken und keine Ruhe zu geben, bis auch der Letzte von der äußersten Notwendigkeit seines Kampfes wider dieses System überzeugt ist.«

Nachts schnell in die Briefkästen gesteckt – Flugblätter der »Weißen Rose«. Später wurden sie in Telefonzellen ausgelegt, hinter Scheibenwischer geklemmt, in Hofeinfahrten deponiert, auf Anzeigetafeln festgepinnt, unauffällig an den Theken in Einkaufsläden liegen gelassen.

Die meisten Menschen schüttelten nur den Kopf, rissen die Blätter ab, zerknüllten sie, warfen sie in den Müll oder brachten sie sofort zur Polizei. Einige wenige aber, die diese Botschaft in ihrem Briefkasten fanden, machten sich Gedanken – aber der Bitte, das Flugblatt zu vervielfältigen und weiterzuschicken, kam kaum jemand nach.

Die Aktion schien im Sande zu verlaufen. Es *musste* etwas geschehen – aber was?

Am 23. Juli wurde im Münchner Atelier erst einmal Abschied gefeiert. Hans Scholl und seine Freunde, alle angehende Mediziner, wurden zu einer Studentenkompanie zusammengefasst. Sie mussten an die russische Front, um Sanitätsdienst zu leisten. Am nächsten Morgen raste Sophie Scholl mit einem geliehenen Fahrrad zum Ostbahnhof. Ihren Bruder Werner hatte sie schon verpasst, da sein Zug auf eine andere Strecke umgeleitet worden war. Die Abfahrt von Hans und seinen Kollegen verzögerte sich, es war noch genügend Zeit – Zeit für Gespräche und Zeit, Fotos zu machen.

Sophie stand mit ausgebreiteten Armen am Zaun und hielt eine Blume in der Hand.

Während die Studenten mit dem Zug an die Front gebracht wurden, fuhr Sophie am nächsten Tag wieder nach Ulm. Sie hatte zwar Semesterferien, aber musste während dieser Zeit den sogenannten Rüstungseinsatz in einer Schraubenfabrik ableisten.

Robert Scholl wurde Anfang August des selben Jahres der Prozess gemacht. Das Urteil lautete auf vier Monate Haft. Er bat seinen Freund Grimminger, die Tätigkeiten im Steuerbüro zu übernehmen. Aus den Radios tönten Siegesmeldungen.

Wieder einmal rückten die Deutschen erfolgreich gegen Russland vor, wieder war es nur eine Frage der Zeit, bis der Gegner die Waffen strecken würde. Die deutschen U-Boote legten den Nachschub für die Alliierten lahm, und »Wüstenfuchs« Rommel schlug in Nordafrika die Engländer.

Sophie saß am Wohnzimmertisch. Die Mutter erzählte von einem Brief. Ernst Reden, ein Freund der Familie, sei in Russland gefallen.

Ernst Reden war damals zusammen mit Hans wegen bündischer Umtriebe verhaftet worden, er hatte die Scholls oft besucht, hatte viele Briefe geschrieben.

Sophie verließ wortlos das Zimmer. Sie wollte allein sein. Sie stand am Fenster, sah hinaus auf den Münsterplatz. Eine Träne lief über ihre Wange.

Mit gefasster Stimme sagte sie: »Schluss. Jetzt werde ich etwas tun!«

Etwas tun – wie aber sollte das aussehen? Sie musste den ganzen Tag in der Fabrik arbeiten. Hans und seine Freunde waren in Russland.

Sophies Vater kam am nächsten Tag ins Gefängnis in der Thalfinger Straße. Er durfte einmal im Monat einen Brief schreiben und zwei erhalten.

Sophie schrieb ihm: »Du spürst doch, daß du nicht allein bist, denn unsere Gedanken, die reißen die Schranken und Mauern entzwei: Die Gedanken!«

Die Arbeit in der Schraubenfabrik war kaum zu ertragen. Über zehn Stunden täglich diese sinnlose Monotonie. Sophie fühlte sich so nutzlos. Es waren ganz andere, viel wichtigere Dinge zu tun. Sie dachte an die Flugblätter. Der Bruder hatte sie eingeweiht, Sophie überlegte nicht lang. Etwas tun, die Menschen aufrütteln, es musste einfach geschehen.

Ein ohrenbetäubender Lärm erfüllte die riesige Halle. Tag und Nacht liefen die Maschinen ohne Unterlass, produzierten Dinge für den Krieg. Neben Sophie saß ein sechzehnjähriges Mädchen aus Russland. Ihre Hände waren ölverschmiert. Das Mädchen hatte nie ein Pausenbrot dabei, Sophie brachte ihr von zu Hause jeden Tag eine extra Ration mit.

Nach der Arbeit fuhr Sophie mit ihrem Fahrrad oft noch bei ihrem Vater vorbei. Sie stellte sich vor die Gefängnismauer, direkt unter das vergitterte Fenster. Dann holte sie aus einem Etui ihre Blockflöte hervor und spielte immer die gleiche Melodie. »Die Gedanken sind frei«.

Inzwischen konnte Sophie in ihrer kurzen Pause bei Freunden zu Mittag essen. Der Vater ihrer langjährigen Schulkollegin Susanne Hirzel war Pfarrer an der Martin-Luther-Kirche.

Im Pfarrhaus wurde Sophie bestens versorgt. Es gab meist frisches Obst zum Nachtisch. Sophie nahm oft Äpfel mit in die Fabrik.

Sophie musste großes Vertrauen in diese Familie gehabt haben. Eines Tages nach dem Mittagessen fragte sie Hans, den Bruder von Susanne, ob er ihr einen Vervielfältigungsapparat besorgen könne, um damit Flugblätter zu drucken. Als er es bejahte, gab Sophie ihm achtzig Reichsmark.

Im Sommer hatte Hans Hirzel einen Brief ohne Absender bekommen. Darin befand sich ein Flugblatt … es war das erste »Flugblatt der Weißen Rose«. Hinter dieser Aktion vermutete er sofort Sophies älteren Bruder, mit dem er bereits einige Gespräche geführt hatte. Um sich sicher zu sein, fuhr er damals sofort nach München.

Aber viel Zeit blieb nicht, am nächsten Tag stieg die Studentenkompanie ja bekanntlich in den Zug Richtung Ostfront.

Die Arbeit in dem Rüstungsbetrieb hörte für Sophie überraschend frühzeitig auf. Auch Sophies Vater wurde nach zwei Monaten bereits freigelassen. Die Freude darüber aber war nur kurz, gleich nach der Entlassung wurde Robert Scholl mit Berufsverbot belegt. Doch Sophie war erst einmal froh, dass ihr Vater wieder zu Hause war. Morgens machte sie ihm das Rasierwasser warm und lauschte seinem schiefen Gesang aus dem Badezimmer. Mehrmals am Tag sagte er laut: »Allen …«. Die Familie wusste natürlich, was er damit meinte, es war schließlich das Motto der Scholls … »Allen, allen Gewalten zum Trotz«.

Am Abend des 7. November kam Hans von seinem Russlandeinsatz wohlbehalten in Ulm an. Nach den innigen Umarmungen, nach dem Lachen und der Freude klangen bei den Erinnerungen an Russland ernste, nachdenkliche Töne an. Hans und seine Studienkollegen hatten das Warschauer Ghetto erlebt, waren später zehn Kilometer hinter der Front in einem Sanitätslazarett eingeteilt gewesen. Sie hatten das furchtbare Elend der Bevölkerung gesehen, die Unterteilung in Menschen und »Untermenschen«.

Besonders Alex Schmorell, ein junger Mann mit russischen Wurzeln, versuchte, wann immer er konnte, seinen Landsleuten beizustehen. Als er einmal einen Mann schützen wollte, der schon blutend auf dem Boden lag, wunderte sich einer der Soldaten, was er nur an diesem »Dreckspack« finden würde.

Schon unterwegs – auf der langen Zugfahrt – waren die neuen Pläne gereift. Die Flugblattaktionen mussten ausgeweitet werden. Nicht nur in München, sondern in Deutschland und Österreich sollten die Menschen über all das Unfassbare informiert werden.

Sophie erzählte ihrem Bruder von Hans Hirzel und dessen Bereitschaft, einen Vervielfältigungsapparat zu besorgen.

Wenig später fuhr sie zusammen mit ihrem Bruder nach Stuttgart, um Eugen Grimminger nach finanzieller Unterstützung für ihr Vorhaben zu fragen. Das war in höchstem Maße gefährlich, denn eigentlich musste so eine Anfrage unverzüglich der Polizei gemeldet werden. Grimminger aber versprach zu helfen.

Die Situation war mehr als angespannt. Wann immer es ging, versuchte Sophie auf ihre kleine Insel zu flüchten. Das Geschütztsein in der Ulmer Wohnung, die Gespräche, die vielen Briefe und die Momente in der Natur gaben ihr immer wieder Kraft.

»In meine bloße Vorstellung von allem Schönen hat sich etwas großes Unbekanntes gedrängt, eine Ahnung nämlich von einem Schöpfer, den die unschuldigen erschaffenen Kreaturen mit ihrer Schönheit preisen. Deshalb kann nur der Mensch häßlich sein, weil er den freien Willen hat, sich vom diesem Lobgesang abzusondern.

Und jetzt könnte man oftmals meinen, er brächte es fertig, diesen Gesang zu überbrüllen mit Kanonendonner und Flüchen und Lästern.«

Eine Stimme sein im Kanonendonner, wer würde sie hören? Mahnende Worte auf den Flugblättern, wer würde sie lesen?

Das Jahr neigte sich dem Ende. Sophie saß mit ihrer Schwester auf einem Hochsitz im Klosterwald. Die Sicht war klar, man konnte in der Ebene die Dächer des Wiblinger Klosters sehen. Sophie ging es wie ein Stich durchs Herz. Sie erinnerte sich daran, wie sie vor einigen Jahren jeden Tag nach Wiblingen gefahren war. Mit dem Fahrrad bei Eis und Schnee, immer in kurzen Socken. Wie sie ein hartes Regiment geführt hatte, damals als frisch ernannte Scharführerin. Wie stolz sie auf ihre Uniform gewesen war, auf das neue Abzeichen, auf die Auszeichnung, eine neue Gruppe führen zu dürfen.

Das Schwenken der Fahnen, das Marschieren bei Wind und Wetter, das Singen, fast schon Brüllen der Lieder.

Das schien so weit, so unwirklich weit zurückzuliegen. Wie hart ihr Herz damals war, wie hochmütig, wie kalt.

Sophie zog ihre Blockflöte, die sie fast immer dabei hatte, aus dem Etui und spielte darauf. Die leisen Töne verfingen sich zwischen dem Rauschen der letzten Blätter.

Dann berührte sie die Hand ihrer Schwester und betete ein langes, ruhiges Gebet. »Mitleidendes Herz. Mitleidendes Herz.«

Am Heiligen Abend schneite es. Die ganze Familie war zusammen, bis auf Werner. Als Sophie am Flügel saß und sie ihre Finger von den Tasten nahm, wurde es ihr schmerzlich bewusst. Der Jüngste der Familie – so weit fort in Russland, direkt vor Stalingrad.

Am letzten Tag des Jahres gab es Streit zwischen Vater und Sohn. Hans warf dem Vater vor, nicht fest genug an Gott zu glauben. Seltsam, wenn man bedenkt, dass Hans in seiner Jugend einen Menschen fast wie einen Gott verehrte – dass er das Porträt von Hitler jeden Tag aufs Neue an seine Zimmerwand hängte, obwohl ihm der Vater das strengstens verboten hatte.

Kaum wieder in München angekommen, setzten sich die Freunde zusammen und schmiedeten neue Pläne. Unter dem Eindruck des Russlandfeldzuges entwarfen sie neue Flugblätter. Sie wurden im Ton immer schärfer und in der Botschaft noch deutlicher.

Nächtelang wurde im bereitgestellten Atelier an den neuen Flugblättern gearbeitet. Vor lauter Erschöpfung war Sophie einfach auf dem Boden eingeschlafen.

Alle versuchten, sich mit Kaffee wach zu halten, aber das half bald auch nichts mehr. Schließlich griffen sie zu Aufputschmitteln, verloren das Gefühl für Tag und Nacht.

Inzwischen hatte der Maler Wilhelm Geyer, ein guter Freund aus den Ulmer Tagen, das Atelier für eine Weile übernommen. Auf ihn konnten sich die Studenten verlassen.

Ende Januar fuhr Sophie mit dem Zug in den Ulmer Bahnhof ein. Im dichten Schneetreiben konnte sie fast nichts von der Stadt sehen. Sophie war müde, es fiel ihr schwer, die Augen offenzuhalten. In Augsburg hatte sie Halt gemacht und in der Stadt Hunderte der neuen Flugblätter verteilt. Sie lief gezielt durch die Straßen, warf die Umschläge in die Briefkästen. Niemand hatte Verdacht geschöpft.

Im Abteil hatte sie den Rucksack gut versteckt. Den durfte der Schaffner unter keinen Umständen finden, geschweige denn durchsuchen. Er war bis zur Hälfte gefüllt mit den restlichen Flugblättern. Sophie stieg aus und suchte auf dem Bahnsteig nach Hans Hirzel. Sie war mit ihm verabredet. Sie konnte ihn nicht entdecken. Sophie lief mit ihrem schweren Rucksack in Richtung Weststadt und traf Hans schließlich im Pfarrgarten in der Schillerstraße. Sie übergab ihm die Flugblätter. Er sollte sie in den nächsten Tagen in Stuttgart verteilen. Hier in Ulm würde der Verdacht sofort auf die unter Aufsicht stehende Familie Scholl fallen. Sophie bat Hans, mit dem erworbenen

Vervielfältigungsapparat noch mehr Flugblätter herzustellen. Hans meinte, das wäre nicht möglich, weil die Maschine defekt sei.

In Wirklichkeit hatte Hans vor lauter Angst, in Schwierigkeiten zu kommen, den Apparat mitten in der Nacht von der nahen Schillerbrücke in die Donau geworfen.

Als Sophie sich verabschiedet hatte, stand Hans alleine im Garten. Er schaute in den Himmel. Langsam ließ das Schneetreiben nach. Er wollte sein Versprechen halten. Die Flugblätter sollten bald Stuttgart erreichen.

Er versteckte sie vorerst an einem sicheren Ort. Dieser Ort war die Martin-Luther-Kirche. Hinter der großen Walckerorgel gab es die winzige Pfeifenkammer. Hans, der oft auf der Orgel spielte, besaß den Schlüssel für diesen Raum.

Gemeinsam mit seinem Freund Franz Josef Müller schrieb er, immer wenn es dunkel wurde, mit einer Schreibmaschine Adressen auf die unzähligen Kuverts und beklebte sie mit Briefmarken. Im trüben Licht einer Lampe verging Stunde um Stunde. Diese kleine Kammer hinter der Orgel war der Ort der Freiheit und der Gefahr zugleich. Vor dem Hintergrund der entsetzlichen Verluste in Stalingrad, der eine Million Opfer auf russischer und zweihundertdreißigtausend auf deutscher Seite gekostet hatte, war dieses fünfte Flugblatt geschrieben worden. »Zerreißt den Mantel der Gleichgültigkeit, den ihr um euer Herz gelegt, ehe es zu spät ist.«

Franz Josef Müller und Hans Hirzel gehörten nicht zu den Gleichgültigen, auch die Schwester Susanne nicht, die den Mut aufbrachte, die Umschläge in Stuttgart zu verteilen.

Wenige Tage später besuchte Elisabeth ihre Schwester in München. Inzwischen hatten die Flugblätter dort für einige Aufregung gesorgt. Eine eigenartige Stimmung lag in der Luft, die Polizei suchte mit

Hochdruck nach den Verantwortlichen. Mit flüssigem Teer waren die Worte auf die Wände geschrieben. »Nieder mit Hitler!« – »Freiheit!« Vergeblich wurde versucht, die Farbe abzuwischen.

Fritz schrieb einen Brief aus Stalingrad. Der Brief war kurz, kaum leserlich, er hatte sich bei minus 30 Grad die Hände erfroren. Er rechnete mit dem Schlimmsten. Er sah kaum noch Hoffnung. Am 4. Februar 1943 kapitulierte die deutsche Armee und musste den Rückzug antreten.

Am nächsten Tag fuhren die beiden Schwestern zurück nach Ulm. Sophie schien vor lauter Sorge um ihren Freund wie betäubt. Zu Hause wurde Sophie aber dringend gebraucht.

Die Mutter schien ernsthaft erkrankt zu sein und war für jede Unterstützung dankbar. Sophie half so viel sie konnte, aber irgendwann war sie mit ihrer Kraft am Ende. Die Nächte im Atelier forderten ihren Tribut. Sophie war froh, dass wieder ein normaler Rhythmus in ihr Leben kam.

Endlich mal wieder früh ins Bett gehen und ein wenig ausschlafen können. Die Liebe und Geborgenheit, die sie hier in Ulm inmitten ihrer Familie verspürte, tat Sophie gut. Sie konnte sich wieder in Ruhe ans Klavier setzen und ihre Gedanken treiben lassen. Es war eine schöne kurze Zeit – das Schreiben der Briefe, die Gespräche, die Spaziergänge durch die Stadt, all das schien wie ein Schweben. Sie hörte den »Wanderer an den Mond« von Schubert und schwärmte ihrem Bruder Werner, den sie liebevoll »Has« nannte, in einem Brief von ihrer neuen »Entdeckung« vor – »… Wenn du kommst, singen wir dir's vor.«

Nach der Zeit der Ruhe schien Sophie auf ein Mal voller Tatendrang. Sie begann, mit Ton zu arbeiten. Elisabeth war ihr erstes Modell. Sophie ärgerte sich, dass sie mit dem Modellieren nicht schon viel früher angefangen hatte.

Sonntag, 14. Februar – Sophie musste wieder nach München. Es fiel ihr schwer. Die Tasche und der Koffer waren schon längst gepackt. Sie bedeckte die angefangene Tonbüste von Elisabeth mit einem feuchten Tuch, wusch sich die Hände, öffnete den Klavierdeckel und spielte einen einzigen Ton. Es war ihr Lieblingston, ein warmes »E«.

Sie verabschiedete sich vom Vater und umarmte ihre Mutter im Hausgang. Sie hielten sich lange fest, Sophie konnte den Herzschlag ihrer Mutter spüren. Sophie versprach, gleich am nächsten Wochenende wiederzukommen.

Sie müsse schließlich auch noch den Kopf von Elisabeth fertig modellieren.

Es war Februar. Es begann zu regnen. Die Regentropfen glitten an der Scheibe hinunter und wurden vom Fahrtwind zur Seite gedrückt. Der Zug beschleunigte, die Stadt trieb immer schneller vorbei. Der dunkelgraue riesige Turm des Ulmer Münsters verlor sich in der Ferne. Sophie nahm den Koffer in die Hand. Es war ein kleiner dunkelroter Koffer mit einem langen Riss, der sich durch das Leder zog. Der Riss sah aus wie ein Fluss, der nicht wusste, wohin er fließen sollte.

Es war gegen 21 Uhr. Der Regen hatte aufgehört. Der Zug fuhr in München ein. Hans stand auf dem Bahnsteig. In seinem Arm hielt er eine junge hübsche Frau. Es war Gisela Schertling, Sophies Freundin aus den Tagen in Krauchenwies. Damals hatten die beiden heimlich auf der Kirchenorgel gespielt. Jetzt studierte Gisela Germanistik in München. Gisela besaß noch kein Zimmer und übernachtete bei Sophie. Die beiden lagen fast die ganze Nacht wach, es gab viel zu bereden, von den Flugblättern erzählte Sophie allerdings nichts.

Inzwischen war ein Brief angekommen, der Sophie ein wenig beruhigte. Fritz hatte es im allerletzten Augenblick geschafft, mit einem Flugzeug den Hexenkessel Stalingrad zu verlassen. Seine Erfrierungen wurden in einem Lazarett in Lemberg behandelt.

Sophie saß an ihrem Schreibtisch. Vor ihr stand ein Blumentopf mit einer blass lila Pflanze.

Die Blume erinnerte sie an die Narzissen, die ihr Fritz zum Geburtstag geschenkt hatte. Sie schrieb von Gefühlen der Liebe und Dankbarkeit: »Ich freue mich so, bis ich endlich wieder mit dir sprechen kann. Denn was ich schreiben kann, ist doch bloß ein Tropfen aus dem großen Reservoir, das sich angesammelt hat.« Sophie brach einige Blüten ab und legte sie in den Briefumschlag.

Am 17. Februar saß sie mit geschlossenen Augen vor ihrem Grammophon und hörte das Forellenquintett von Franz Schubert. Die Musik berührte ihr Herz. Sie schilderte ihre Gefühle in einem Brief an ihre Jugendfreundin Lisa und schloss mit den Worten: »Oh, ich freue mich so sehr auf den Frühling. Laß doch bitte von dir hören. Herzlichst deine Sofie.«

In dieser Nacht konnte Sophie kaum schlafen, der Wind tobte um das Haus, die Äste eines Baumes schlugen gegen die Fensterscheiben. Sie wälzte sich im Bett hin und her, ihre Haare rochen nach Zigarettenqualm. Die Freunde hatten lang und hitzig diskutiert.

Hans wollte morgen die Flugblätter direkt in der Münchner Universität verteilen. Die anderen Mitglieder der Widerstandsgruppe waren dagegen, es schien ihnen viel zu gefährlich.

Sophie hielt zu ihrem Bruder. Sie hatte ihren Koffer schon gepackt, diesmal nicht mit Wäsche. Die eintausendsiebenhundert Flugblätter, jeweils rechts und links ein ganzer Pack, passten genau hinein … in den Koffer mit dem Riss.

18. Februar … am Morgen hatte der Wind nachgelassen. Hans und Sophie saßen am Frühstückstisch und besprachen die letzten Einzelheiten. Auf dem Weg in die Universität trafen sie noch Willi Graf und Traute Lafrenz. Es wurden noch ein paar Worte gewechselt, dann betraten Hans und Sophie die große Eingangshalle. Es war kurz vor elf Uhr.

Es war ruhig, niemand war zu sehen. Rasch verteilten sie die Flugblätter. Jeweils einen ganzen Stapel direkt vor die Türen der Unterrichtszimmer. Die Studenten würden sofort darauf stoßen.

Sophies Herz raste, als sie die Treppe hinunterrannte, und klopfte immer noch schnell, als sie längst schon wieder draußen auf der Straße stand. Hans und Sophie lächelten sich an. Niemand hatte sie beobachtet, da waren sie sich sicher. Alles schien so einfach gewesen zu sein – viel zu einfach.

Nachdem sie ein paar Schritte gegangen waren, bemerkten sie, dass noch etliche Flugblätter im Koffer übrig waren. Ohne lang zu überlegen, rannten die beiden noch einmal zurück, stürmten die Treppe hinauf bis zur ersten Balustrade. Sie öffneten den Koffer und ließen die restlichen Flugblätter in den Lichthof hinunterflattern.

Das Rauschen der fliegenden Blätter durchbrach die Ruhe. Aber die Ruhe war trügerisch, diesmal waren sie nicht allein. Der Hausmeister der Universität lief in diesem Moment unten im Erdgeschoss vorbei und entdeckte Hans und Sophie. Sofort brachte er die beiden ins Rektorat. Dort wurden sie über mehrere Stunden verhört. Als Hans Scholl bemerkte, dass er leichtsinnigerweise einen handschriftlichen Entwurf des nächsten Flugblattes von Christoph Probst bei sich hatte, versuchte er den Zettel zu vernichten. Er zerriss das Papier in kleine Stücke und wollte es hinunterschlucken. Die Beamten bemerkten es aber und hinderten ihn daran. Nach dem Verhör kamen die beiden in die Gestapo-Zentrale im Wittelsbacher Palais.

Dort wurden die beiden die ganze Nacht getrennt voneinander befragt. Sie wussten, dass es keinen Ausweg mehr gab. Hans schrieb mit einem Bleistift ein paar Worte auf die Zellenwand:

»Allen Gewalten zum Trotz!«

In der gleichen Nacht saßen Tausende Besucher auf ihren Stühlen im Berliner Sportpalast und lauschten der Rede von Propagandaminister Goebbels. Die Schlacht um Stalingrad war verloren, die deutsche Armee auf dem Rückzug, die Angriffe der Alliierten zeigten Wirkung, das Deutsche Reich stand mit dem Rücken zur Wand. Jetzt galt es, sämtliche Kräfte zu mobilisieren. Goebbels brüllte ins Mikrofon: »Wollt ihr den totalen Krieg?« Die Masse schrie frenetisch auf und jubelte. Goebbels schleuderte Frage um Frage in den Raum: »Wollt ihr die radikalsten Maßnahmen gegen einen kleinen Kreis von Drückebergern? Seid ihr damit einverstanden, daß, wer sich am Kriege vergeht, den Kopf verliert? Wollt ihr den totalen Krieg?« Wieder nahm der stürmische Applaus kein Ende. Goebbels schloss mit den Worten: »Nun Volk, steh auf, und Sturm, brich los!«

Am nächsten Tag wurde Christoph Probst in Innsbruck verhaftet, als er seine kranke Frau besuchen wollte.

Nach stundenlangen Verhören, bei denen Hans und Sophie Scholl verzweifelt versuchten, die ganze Schuld auf sich zu nehmen, um ihre Freunde zu schützen, wurde der Prozess auf den 22. November festgesetzt. Dafür reiste eigens der Präsident des Volksgerichtshofes aus Berlin an. In dem folgenden fünfstündigen Schauprozess wurden die Angeklagten lächerlich gemacht. Robert und Lina Scholl, die von dem Prozess erfahren hatten, versuchten, für ihre Kinder zu sprechen, wurden aber aus dem Gerichtssaal verwiesen. Wenig später wurde das Urteil gesprochen: »Vorbereitung zum Hochverrat und Wehrkraftzersetzung«.

Christoph Probst, Hans und Sophie Scholl hatten nur noch wenige Stunden zu leben.

Die Angeklagten wurden in ihre Zellen geführt. Sophie las in Ruhe ihre Anklageschrift.

Dann drehte sie das Papier um und schrieb mit Bleistift »Freiheit« darauf. In diesem Augenblick klopfte es an der Tür.

Für einen kurzen Moment konnten Hans und Sophie noch einmal ihre Eltern sehen. Es war 16 Uhr. Unter strengster Bewachung wurde zunächst Hans in den dunklen, kargen Raum geführt. Er trug Sträflingskleidung, sah müde und abgemagert aus, wie nach einem schweren Kampf. Er gab jedem ruhig und gefasst die Hand. Er verspürte keinen Hass.

Dann wurde Sophie von der Wachtmeisterin hereingebracht. Sophie hatte ihre Privatkleidung anbehalten dürfen. Sie lehnte sich gegen die Heizung und lächelte. Ihre Augen glänzten wie noch nie zuvor. Die Mutter bot ihr ein frischgebackenes Plätzchen an. Sophie nahm es entgegen: »Ach ja, gerne, ich habe ja noch gar nichts zu Mittag gegessen.« Hans hatte das Plätzchen dankend abgelehnt. So war die Mutter zufrieden, dass sie wenigstens Sophie eine kleine Freude bereiten konnte.

Dann sagte sie mit leiser, gebrochener Stimme: »Nun wirst du also gar nie mehr zur Tür hereinkommen.«

Sophie antwortete: »Ach, die paar Jährchen, Mutter.«

Eine letzte kurze Umarmung, ein letztes Spüren.

Kurz darauf wurde Sophie wieder in ihre Zelle geführt. Auf dem Weg dorthin begann sie zu weinen. Der Mann, der die ganzen Verhöre geleitet hatte, stand plötzlich vor ihr. Schnell wischte sie die Tränen ab, entschuldigte sich beinahe dafür. »Sie werden verstehen, ich habe mich gerade von meinen Eltern verabschiedet.«

Noch eine halbe Stunde. Sophie sah aus dem kleinen vergitterten Fenster. Von dort aus konnte man den Himmel sehen. Nur ein winziges viereckiges Stück mit Eisenstäben. Es war ein schöner Tag. Die Wolken segelten durch den blauen Himmel. Nichts konnte sie aufhalten. Sophie wäre gerne mit ihnen gezogen … egal wohin, nur fort von hier.

Ach, könnte sie jetzt nur ein kleiner Vogel sein! Sophie faltete ihre Hände, flüsterte ein verzweifeltes Gebet. Sie war Gott so fern … sie war Gott so nah.

Die Tür öffnete sich. Der Gefängnisgeistliche trat in die Zelle. Er machte einen gebrochenen, kranken Eindruck. Sein Arm war nach einer Kriegsverletzung verkrüppelt. Er setzte sich langsam auf einen Stuhl, suchte nach Worten. Dann betete er mit Sophie und sprach den Segen.

Die Tür öffnete sich. Ein letzter Blick noch, dann war Sophie wieder allein. Nur für einen kurzen Moment, dann hörte sie das Drehen des Schlüssels im Schloss. Es war kurz vor 17 Uhr. Sie durfte noch einmal Hans und Christoph sehen. Sie konnten gemeinsam eine letzte Zigarette rauchen. Das war normalerweise nicht erlaubt, aber die Wärterin ließ es ausnahmsweise zu.

Sie umarmten sich, hielten sich fest, so lang es ging. Christoph flüsterte: »Ich hab gar nicht gewusst, daß Sterben so einfach ist. In ein paar Minuten sehen wir uns alle in der Ewigkeit wieder.«

Die Tür öffnete sich.

»Fräulein Scholl?«

Sophie wurde über den Hof geführt. Ein warmer Wind, der nach Frühling roch, wehte über die Mauern.

Sophie Scholl schaute in die Wolken …

Zwei Tage später war das Begräbnis. Eine hastige, unwürdige Beerdigung. Der Friedhof war abgeriegelt worden, die Gestapo kontrollierte die Eingänge. Das bloße Erscheinen war verdächtig, es hätten schließlich Sympathisanten der »Weißen Rose« sein können.

So standen nur die Eltern, die Schwestern Inge und Elisabeth und Bruder Werner am Grab. Einzig Traute Lafrenz, eine frühere Freundin von Hans, hatte den Mut gehabt, zu erscheinen. Die Frau von Christoph Probst und seine Kinder konnten nicht Abschied nehmen. Die Frau lag immer noch krank zu Bett.

Der Pfarrer sprach die letzten Worte. Zuerst wurde der Sarg von Hans hinuntergelassen.

»Jetzt trägt der Hans die Sophie«, flüsterte die Mutter. Der Wind rauschte in den Birken. Die Berge schienen zum Greifen nah. Das warme Licht der nun untergehenden Sonne lag auf den Gipfeln. Das hätte Sophie gefallen.

Als die Geschwister in Sophies Zimmer kamen, fanden sie noch jede Menge Umschläge mit Briefmarken und Adressen. Schnell steckten sie alles ein, um niemanden zu belasten. Auf dem Schreibtisch stand die blass lila Pflanze. Sie war vertrocknet, die Blüten lagen verstreut auf der Tischdecke.

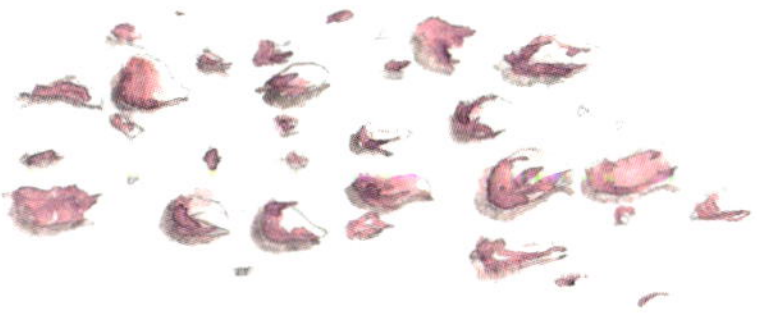

Als Fritz Sophies Brief im Lazarett öffnete, fielen die getrockneten Blüten auf seinen Schoß. Als er Sophies Worte las, war sie schon tot.

Wenige Tage später war Fritz in Ulm. Er wollte die Familie unterstützen. Vor der Wohnungstür lag ein Paket. Fritz las den Absender: »Gefängnisanstalt Stadelheim / München«.

Er konnte das Paket mit seinen verletzten Händen nur schwer öffnen. Dann sah er Sophies grauen Mantel. Aus einer der Taschen fiel das Plätzchen, das Sophie von ihrer Mutter bekommen hatte … es war nicht einmal angebissen.

Der Familie Scholl wurde die Wohnung gekündigt; alle Mitglieder der Familie kamen für einige Wochen in »Schutzhaft«.

Danach verließ die Familie die Stadt Ulm und zog in den Schwarzwald. Der Vater kam ins Gefängnis, später sogar in ein Konzentrationslager.

Werner musste wieder zurück an die Front. Als Erinnerung an seinen Bruder hatte er dessen Bibel immer mit dabei.

Im Jahr 1944 kam der letzte Brief von Werner aus Russland. Seither gilt er als vermisst.

17. Dezember 1944 – Britische Bomber flogen einen Angriff auf Ulm. Hunderte Menschen kamen ums Leben. Das Ulmer Münster blieb wie durch ein Wunder unzerstört, aber die ganze Stadt lag in Trümmern; auch das Haus, in dem die Familie Scholl zuletzt gewohnt hatte.

Das erste Bild von Sophie Scholl. Es zeigt sie mit etwa 5 Jahren. Die Zeichnung wurde von einem Nachbarsjungen angefertigt.

Das letzte Bild von Sophie Scholl. Es wurde im Gefängnis Stadelheim wenige Tage vor ihrer Hinrichtung aufgenommen.

WEISSE ROSE —

Hingerichtet am 22. Februar 1943:

Christoph Hermann Ananda Probst	23 Jahre alt
Sophia Magdalena Scholl	21 Jahre alt
Hans Fritz Scholl	24 Jahre alt

Hingerichtet am 13. Juli 1943:

Kurt Huber	49 Jahre alt
Alexander Schmorell	25 Jahre alt

Hingerichtet am 12. Oktober 1943:

Willi Graf	25 Jahre alt

Hingerichtet am 29. Januar 1945:

Hans Conrad Leipelt	23 Jahre alt

Viele Mithelfer und Mitwisser der »Weißen Rose« wurden verhaftet und zu Gefängnisstrafen verurteilt.

Mein Dank gilt Frau Elisabeth Hartnagel
für das Gespräch über eine scheinbar
längst vergangene Zeit.
Sie erzählte von ihrer Schwester Sophie,
die eine ganz normale, in sich gekehrte
junge Frau gewesen sei.
Sophie Scholl hätte bestimmt nicht gewollt,
dass man sie auf einen Sockel stellte.
Das, was sie tat,
hatte sie als selbstverständlich angesehen.

* * *

QUELLENNACHWEISE

Stadtarchiv Ulm · Unterlagen von 1925 – 1945 · Nachlass Inge Aicher-Scholl · Briefe Hans Scholl · Briefe Fritz Hartnagel · Briefe Sophie Scholl

Mein Dank gilt auch den vielen Menschen, die mich bei der Entstehung dieses Buches unterstützt haben.

»Leistet passiven Widerstand – Widerstand! … ehe es zu spät ist, ehe die letzten Städte ein Trümmerhaufen sind.«

1. Flugblatt der »Weißen Rose«, Juni 1942.